(낱말)
의
장면들

다정한 낱말 조각 | 가만히 쥐어 보는 | 마음이 뒤척일 때마다

(낱말) 의 장면들

민바람 글
신혜림 사진

서사원

여는 글

마음의 틈을 사뿐 치는
산말의 맛

나 자신이 무력하게 느껴질 때면 외국어 단어를 외우곤 했습니다. 사랑하는 사람에게 이별을 통보받았을 때, 온 힘을 다했지만 일터에서 인정받지 못할 때, 마음을 터놓을 대상이 없을 때도 단어를 외웠습니다. 낱말의 소리를 입 안에서 굴려보면 저마다 다른 말맛이 좋았고, 낯선 뜻과 소리를 연결 지으려고 엉뚱한 상상을 하다 보면 기분도 나아졌습니다. 저에게는 모르는 낱말들이 진통제처럼 작용했던 것 같습니다.

우리말이 좋아 한국어를 전공하면서도 다른 여러 나라 말에 더 끌렸습니다. 이왕 하는 거 6개 국어를 잘해보자는 목표도 세웠습니다. 하지만 생게망게한* 성격 때문에 이 나

형 하는 행동이나 말이 갑작스럽고 터무니없다.

라말 저 나라말을 조금씩 건드리다 보니 한 가지도 이렇다 할 만큼 잘할 수 없었습니다. 일은 어찌어찌 이어갔지만, 저는 흔히 말하는 '열 우물 파는 사람'에 가까웠거든요.

직업으로서 한국어를 가르치기 시작한 지 12년이 되는 해에 하던 일을 고이 접었습니다. 언어를 사랑했지만 사람들 앞에 서는 일은 저와 맞지 않았습니다. 아픈 몸과 마음도 걸림돌이 됐습니다. 직장에서 나온 직후는 마침내 글쓰기에 집중할 수 있는 환경이 되어 기쁜 한편, 앞으로만 내달리며 망가진 마음과 몸을 돌봐야 하는 시기이기도 했습니다.

그때 순우리말 사전을 선물 받았습니다. 사전 속 우리 낱말은 외국어처럼 낯선 것이 많았는데, 어떤 것들은 읽을 때 조그마한 힘이 생기는 느낌이었습니다. 몇 글자 되지 않는 낱말이 삶의 문제에 실마리를 건네는 것 같았습니다. 우리 자음과 모음으로 이루어진 소리맵시가, 그 안에 품은 뜻이 신선하면서도 낯익어 마음에 와닿았습니다. 길게 설명해야 하는 뜻을 한마디에 담아 생생한 말맛까지 전할 수 있는 말도 많아, 이런 산말**을 살려 쓰지 않는 게 아까웠습니다.

명 실감 나도록 꼭 알맞게 표현한 말.

힘겨운 순간 붙잡을 지푸라기가 되어준 순우리말의 특징을 제 경험과 엮어 글을 쓰기 시작했습니다. 낱말 하나하나가 마음에 잠재워온 것들을 꺼내놓도록 조용하고 격려하게 저를 북돋웠습니다. 그게 참 다정한 느낌이어서, 저도 모르게 밤잠을 줄이며 글을 썼습니다.

초고의 반은 2020년에 쓴 글을 바탕으로 했고, 나머지 반은 출간 제의를 받은 뒤 2023년 상반기에 썼습니다. 그 사이 제 순우리말 수첩은 가득 찼지만, 여전히 외국어보다 더 외워지지 않는 낱말이 많습니다. 저는 순우리말에 통달한 연구자가 아니라 글에 좋은 낱말을 쓰려고 애쓰는 작가일 뿐입니다. 하지만 순우리말은 연구의 영역이나 예스러운 문맥, 외래어와 한자어를 완벽히 걸러낸 문장에서만 쓰이는 말이 아니라, 누구든지 필요한 상황에서 자유롭게 꺼내 쓰는 말이 되어야 한다고 생각합니다.

이 책에는 휴식과 위로, 용기와 깨달음이 필요한 순간, 마음에 처방 약이 될 수 있는 우리 낱말이 제 삶의 이야기와 함께 담겨 있습니다. 우리 말뜻과 말맛으로 우리가 겪어나가는 '삶'의 여러 면모를, 그리고 묘미를 더 풍부하게 전할 수 있다는 믿음에서 나온 책입니다.

에세이와 순우리말의 비중을 어느 정도로 둘 것인가에 대해 편집 과정에서 이야기가 오갔습니다. 글에 어우러지면 좋겠다 싶은 순우리말이 너무 많았지만, 새로운 낱말들이 이야기를 읽는 데 걸림돌이 되지 않도록 한 꼭지에 두 개씩만 표제 낱말을 두었습니다. 다만 그 밖에 문맥으로도 뜻을 짐작할 수 있겠다고 생각되는 몇몇 낱말은 본문에 함께 담았습니다.

뜻풀이에는 국립국어원 표준국어대사전과 우리말샘을 주로 참고했고, 《순우리말사전》 《아름다운 순우리말 공부》 《우리말 풀이사전》과 고려대학교 한국어대사전, KBS WORLD 라디오의 '한국어 배우기'에서도 도움을 얻었습니다. 순우리말 사전의 풀이가 표준국어대사전과 비슷하면서 더 자세한 경우는 순우리말 사전의 뜻을 적었습니다.

어원에 대한 설명은 《우리말 풀이사전》에 특별히 빚지고 있습니다. 덧붙여 표준국어대사전에 오르지 않은 말 중 '가을부채'와 '샘밑'은 국립국어원 우리말샘을, '겨르로이' '눈썹씨름' '마음고름' '풀쳐생각' '호습다'는 순우리말 사전들을 참고했습니다. '비나리'는 표준국어대사전에 등재되어 있지만 순우리말 사전에서 제시하는 뜻은 싣고 있지 않다는 점도 밝혀둡니다.

'사춤을 치다'라는 표현이 있습니다. '사춤'은 '담이나

벽 등의 갈라진 틈'을 말하고, '사춤 치다'는 그 틈을 진흙으로 메우는 일을 말합니다. 저에게는 갈라지고 벌어진 마음의 틈새를 사춤 치도록 해준 것이 우리 낱말이었습니다. 많은 이가 이미 같은 생각을 지나왔다는 것, 그렇게 그저 살아갔다는 사실이 작은 힘이 됩니다. 낱말은 그 말을 만들어내고 사용한 사람들이 했던 생각의 흔적이니까요. 그래서 저는 낱말 자체에 치유의 힘이 있다고 믿습니다.

　　낱말이 모여 글이 되듯이 순간이 모여 삶이 됩니다. 낱말이 주는 위안과 용기는 미약하고 짧겠지만, 허든거리는* 순간마다 그것들을 꺼내 볼 수 있다면 삶에서 반짝이는 순간도 늘어가지 않을까요. 저는 자주 생각합니다. 삶은 어차피 조각조각이 모여 만들어진 '쪽모이'**니까, 오늘부터 한 조각씩 새로 붙여본다는 마음으로 살자고요. 마냥 밝고 가볍지만은 않은 글들이지만, 숨 쉬듯 흔들리며 살아오신 분들이 삶의 어떤 순간에 끼워 넣고 싶은 책갈피를 이 책에서 찾으실 수 있으면 좋겠습니다.

> * (동) 다리에 힘이 없어 중심을 잃고 이리저리 자꾸 헛디디다.

> ** (명) 여러 조각을 모아 큰 한 조각을 만듦. 또는 그렇게 만든 물건.

　　신인 작가를 전적으로 믿고 먼저 손 내밀어주신 현미나 팀장님께 감사드립니다. 군더더기가 많은 제 글을 섬세하게 다듬고 책의 모든 면을 마음 담아 고민해주셔서 작업 과정에서 든든하고 흥거웠습니다. 사진 협업을 제안해주신 팀장님과 아름답고 귀한 작품을 책에 싣도록 도와주신 신혜림 작가님 덕분에 훨씬 풍부한 감각으로 가득 수 있는 책이 되었다고 생각합니다. 책이 좋은 꼴을 갖추도록 애써주신 분들, 참고할 자료를 만들어주신 분들, 제 글에 등장하는 모든 분, 글 쓰는 능력을 일궈주신 부모님, 그리고 어떤 이끌림으로 이 책과 연을 맺어주신 독자님들께 고개 숙여 감사드립니다.

마지막으로 이 책의 씨앗을 심어주고 3년 동안 모든 글의 첫 독자가 되어준 img에게, 몇 번이고 덧칠해도 충분히 진하지 않을 감사를 전합니다.

민바람 드림

차례

1부

지친 마음을

쓰다듬는

낱말

전성기를 지난

내가

초라한 순간

('만조한') 내가
('가을부채') 같아도

01

가을은 모든 날, 모든 시간이 가을답다. 쌀랑한 아침 바람도, 추적추적이라는 말이 어울리는 성긴 비도, 어느새 이렇게 낮이 짧아졌나 당황케 하는 저물녘과, 기분이 산뜻한 건지 쓸쓸한 건지 헷갈리게 하는 저녁 공기도. 마치 잊을까 봐 걱정하는 것처럼 쉼 없이 일러준다. 너는 서른아홉의 가을날을 지나고 있다고. 착실히 늙고 있다고.

철 지나 쓸모없어진 물건을 '가을부채'*라 한다. 여름내 손에 붙어 있던 부채는 더 이상 덥지 않은 날씨에 언제 그랬냐는 듯 잊는다. 전성기가 지난 사람의 신세. '겨울부채'라 하지 않고 '가을부채'라고 하는 건 '한발 늦었다'는 느낌을 주기 때문이다. 늘 뒤돌아보며 한발 늦었다는 아쉬움 속에 사는 게 인생이란 걸 생각하면 가을과 부채의 만남이 두 낱말 이상의 무게로 다가온다.

* 명 능력을 인정받던 존재를 철이 지나 불필요해진 물건에 빗대어 이르는 말.

몇 년 전까지도 '더 늦기 전에'라고 되뇌며 살았다. 눈앞에 보이는 것들을 누리지 않으면 기회가 다 사라져버릴 것 같았다. 그래서 진짜 하고 싶은 일보다 지금 해야 할 것 같은 일을 했다. 마음을 다스리는 것만으로 벅차던 10분의 출근길에 영단어를 외웠다. 빠듯한 강의 준비 틈틈이 토익과 한국사와 한자 능력 시험을 준비했다. 이미 오랫동안 한국어를 가르쳐왔으면서도 밀려나기 전에 경쟁력을 높여야 한다고 생각했다. 배우는 건 좋은 일이지만 내 활동 과잉의 핵심에 있는 것은 조바심이었다. 미래의 눈으로 현재의 나를 검열하며 사는 동안 완전히 마음을 놓아본 일이 없다.

어려서부터 따라다니던 우울감이 걷잡을 수 없게 된 건 20대 후반이었다. 당시에는 동남아에서 강의를 하고 있었다. 감당하기 어려운 업무량에 파묻혀 능력 이상의 일들을 맡았다. 낮은 자존감을 숨기며 살아온 내게는 학생들의 별것 아닌 반응 하나하나도 칼날 같았다. 열대의 기후 속에서 끼니를 대충 해결하며 자책과 뒹굴다 보니 어느새 얼굴과 몸에 염증이 복작거렸다.

2년 2개월이 지나 귀국했을 때 만조한* 내 얼굴을 본 지인들은 질문을 아꼈다. 열정이 서려 있던 눈빛은 흐물흐물했고, 친한 사람들의 대화에도 끼어들 용기가 없었다.

*
[형] 얼굴이나 모습이 초라하고 잔망하다.

곧잘 예전의 나를 떠올리면서 자기연민에 빠졌다. 건강과 좋은 피부를 잃어버린 것보다 좋아하던 내 모습을 잃어버린 게 더 아쉬웠다. 대학 시절에는 좋아하고 잘할 수 있는 일만 골라 하니 뭐든 노력 이상의 결과를 낼 수 있을 것 같았다. 그런데 한 발 밖으로 내디디니 몇 배를 노력해도 남들

같은 성과를 낼 수 없는 분야가 많았고, 생각에 거품이 끼어 있던 만큼 현실이 가혹하게 느껴졌다. 늘 과거를 그리워하는 나는 살아갈 날이 얼마 남지 않은 사람 같았다. 마음이 늙어 있었다.

사실은 전성기가 지난 게 아니었다. 내가 제어할 수 없는 상황과 사람들을 만나는 게 사회의 속성이었고, 잘 맞지 않는 직종에 있으면서 자신감을 잃은 것뿐이었다. 맞지 않는 환경에 있다면 그걸 근거로 내게 맞는 길을 다시 찾으면 되는데, 그때는 모든 걸 망쳐버린 것만 같았다. 번뇌라는 나무에 정성스레 물을 주면서 주렁주렁 열리는 겁과 미련, 후회를 보고 생각했다. 이런 게 왜 생기는 거지.

하지만 이렇게도 표현해보고 싶다. '모든 순간을 화양연화처럼 느꼈다.' 모든 순간 만족스럽고 눈부셨다는 뜻이 아니라, 순간순간의 가치를 알고 있었다는 뜻이다. 조바심을 바꾸어 말하면 절박함이기도 하다. 그 마음 덕분에 항상 치열하게 살 수 있었다.

우리는 "~에는 다 때가 있다"라는 말을 몇 번이고 들으며 자란다. 그러다 보니 적당한 때를 놓치면 그게 남은 삶의 족쇄가 될 것 같은 불안이 자리 잡는다. 그리고 오랜 시간이 지나서야 미래도 현재도 아닌 그 경계에 까치발을 딛고 선

자신을 발견한다. 다 때가 있다는 말은 다른 의미로 쓰였어야 했다. 미래를 상상하며 정신 차리라는 뜻이 아니라, 과거나 미래에 시선을 뺏기지 말고 현재 속에 흠뻑 젖어 있으라는 뜻으로.

잃어보아야 알게 되는 것들이 있다. 건강을 잃고서야 몸 다루는 법을 깨닫고, 인정 못 받는 시절을 지나봐야 삶에 진정 필요한 건 자신의 인정임을 배운다. 선택에는 기회비용이 있지만 기회비용을 통해 알게 되는 것들이 삶을 풍요롭고 깊이 있게 만든다. 그러니 득과 실을 눈에 보이는 것으로 계산하는 일은 별로 의미가 없다. 당장은 잃은 것 같아도 멀리 보면 얻은 것일 수도 있고, 얻었다고 여길 때 더 중요한 것을 잊고 있기도 하다.

여름에는 가을날이 오지 않을 것처럼 뜨겁게 살고, 가을에는 또 그 가을만이 전부인 것처럼. 그렇게 산다면, 내가 가을부채가 아니라 겨울부채라도 뭐 어떨까. 겉모습이 아무리 만조할지라도 지금 이 순간이 마음에서 빛나고 있다면 지금이 나의 전성기다.

판단에
지치는
순간

모든 것에 ('찾을모') 가 있으니
('바림') 하듯 바라보기

02

오래전 아버지께 이런 질문을 했다.

아부지는 무슨 계절이 좋으세요?

당연히 봄이나 가을 같은 한 계절을 골라 답하실 줄 알았는데, 아버지의 말씀은 달랐다.

계절은 무엇이든 다 좋고 고마운 거야. 가을은 시원하니까 좋아하고 여름은 더우니까 싫어하고 그런 게 아니라, 모두 사람을 살게 하는 환경들이니 아빠는 다 좋아해.

그때는 교과서 같은 말이라고 생각했다. 나는 단순하게 여름은 더우니까 싫어하는 사람이었다. 사람이 어떻게 다 고마워할 수만 있을까?

남에게 이견을 잘 드러내지 않는 편이지만, 사실 나는 좋고 싫음이 무척 많다. 뇌는 분류 작업에 여념이 없다. 이건 좋은 것, 옳은 것, 나에게 맞는 것, 내 취향의 사람. 저건 싫은 것, 틀린 것, 나와 맞지 않는 것, 맞지 않는 사람.

사람의 에너지는 한정돼 있으니 판단을 통해 의미 없는 소모를 줄이는 일은 필요하다. 하지만 무의식적으로 해온 분별 작업이 나를 보호하는 이상으로 공격하기도 했다. 자기 자신을 판단하는 일일 때 특히 그랬다. 난 내가 이렇게 보이는 게 싫어, 이렇게 행동하는 나는 잘못된 거야, 난 정말 답이 없어. 결국 판단은 내 몸과 마음을 칭칭 묶는 밧줄이 됐

다. 꼭 경계할 일이 아닌데도 경계하느라 힘을 쏟았고, 부정
적 생각이 꼬리에 꼬리를 물었다.

심리상담사와 정신과 의사들은 입을 모아 말한다. 좋고
나쁨에서 한 발짝 물러서야 한다고. 그런데 그게 어디 쉬
운가.

무척 괴로웠던 순간에 도움이 됐던 건 지금 겪는 일을
한 편의 영화나 동영상을 보듯이 바라보라는 조언이었다.
관객이 되어 그저 이 경험을 바라보는 것. 자주 되뇌곤 한다.
삶이 꿈이 아니라는 증거는 없다고. 지금을 자각몽처럼 여
겨볼 수도 있지 않을까. 상황은 곧 어떻게든, 어떤 식으로든
달라질 테니까.

삶의 흐름을 받아들이는 내공은 자신의 밑바닥을 움켜
쥐는 힘에서 나오는 것이었다. 거칠고 버거운 감정까지, 제
일 못난 모습까지. 그것은 나를 흔드는 것들을 막아내려 애
쓰는 힘보다는, 흔들리되 뿌리까지는 흔들리지 않게 발 딛
고 버티는 힘에 가까웠다. 내 안의 모든 것을 그저 바라보면
외부의 일을 받아들일 여력이 생겼고, 상황을 통제하려는
불가능한 시도와 거리를 둘 수 있었다.

자연이 보여주는 태도를 좋아한다. 아무 판단도 평가도
하지 않고 그저 옆에 있어주는 것. 자연은 스스로를 두고 옳

다 그르다 따지는 일도 없다. 햇볕을 따라 길어지는 나뭇잎에서, 발에 채는 대로 구르는 돌에서, 바람 부는 대로 흐르는 물결에서, 나를 내 모습 그대로 바라보는 눈을 배운다.

지난주엔 오랜만에 본가로 가는 버스를 탔다. 지금 사는 곳에서 본가까지는 기차가 다니지 않아 세 시간 동안 시외버스를 타야 한다. 멀미가 나기 쉬운 버스보다는 기차를 훨씬 좋아하지만, 이 시간도 나름대로 찾을모*가 있다. 답답한 차 냄새와 소음, 불규칙한 흔들림이 다 보상될 만큼 좋은 경치를 볼 수 있기 때문이다.

차창 밖으로 산끼리 겹치고 겹쳐 끝이 아스라한 풍경이 지나가기도 한다. 마치 한 폭의 한국화 같은 이 풍경을 사랑한다. 산들이 만들어내는 바림**을 천천히 제대로 볼 수 있으면 좋겠다고 생각하곤 한다.

삶의 본질은 바림과 닮았다. 서서히 짙어지고 서서히 옅어지는 일. 흐릿하고 애매모호한 것들의 연속. 모든 것에 모든 것이 조금씩 섞여 있는 상태. 나도 '사이'에 있는 사람이다. 좋은 사람이 되려고 노력하지만 나쁜 사람이 될 수도 있고, 사람들에게 복잡한 여러 감정을 동시에 갖는 사람. 때

* 명 쓸모 있어 남이 찾을 만한 점. 장점. 찾을모의 '모'는 '구석'이나 '부분'을 말한다. 그러니 찾을모라는 말은 '찾아서 쓸 만한 점'이라는 뜻 속에, 찾아보면 무엇에나 좋은 점이 있다는 진리를 품고 있다고 할 수 있겠다.

** 명 채색을 한쪽은 진하게 하고 다른 쪽은 점점 엷게 하여 흐리게 하는 일.

때로 능력 있어 보이고 또 자주 뒤떨어져 보이며, 어느 영역에서는 주류이자 다수이고 한편으론 비주류이자 소수인 사람.

오늘 하루도 좋음과 나쁨이 뒤섞인다. 나아진 것도 있고 전처럼 실수한 것도 있다. 글이 잘 써질 수도 있고 쓰고 나서 다 지워버릴 수도 있다. 오늘 나는 부탁을 거절한 게 잘한 일인지, 상대방이 어떻게 생각할지가 마음에 걸렸지만, 어떻게 판단하든 그게 정답은 아니다. 경험은 경험 자체로 의미 있을 뿐.

차창을 바라보듯 내게 다가오는 일들을 지켜보고 싶다. 달리는 버스 안에서는 아름다운 풍경과 그렇지 않은 풍경 모두 금세 스쳐가고 새로운 풍경이 다가온다. 불편한 점도 있지만 언제 또 선물 같은 풍경이 나타날지 모른다. 그러니 약간의 기대와 찾을모를 찾아내는 눈을 가지고 살 수 있다면 신날 것 같다. 어차피 도착할 때까지는 달려야 하니까.

우는 법이

떠오르지 않는

순간

('마음고름') 이 단단할 때
('풀처생각') 을

03

허리 치료를 받으러 다니면서 자주 듣는 얘기가 있다. 찾아오는 사람들 중 자신이 얼마나 아픈지 잘 모르는 사람이 많다는 것. 그건 내 얘기이기도 했다. 언제부턴가 일상에서 할 수 있는 활동의 범위가 크게 줄었는데, 입원해서 누워 있을 만큼 강렬히 아픈 게 아니라서 그럭저럭 대안을 찾아가며 지냈다.

지금 생각하면 20분도 이어서 걷지 못하고 책 하나도 가방에 못 넣고 다녔으니 심하게 안 좋은 상태였다. 침대에서 나오기 전과 자기 전 한두 시간씩은 꼭 스트레칭으로 몸을 풀어야 했다. 그런데 이런저런 치료를 받아봐도 뾰족한 수가 되지 않으니 이 정도는 별거 아냐, 하며 합리화하고 지냈다. 되도록 아프다거나 힘들다는 말을 입에 올리지 말자고 다짐했다. 그런 말을 습관처럼 하면 주변 사람이 스트레스를 받을 테니까.

어느 날 잠을 청하려고 몸을 푸는데, 갑자기 눈에서 물이 나왔다. 일상에 달라붙은 불편이 지긋지긋했다. 잠시 그대로 이불에 얼굴을 박고 있었다. 그때 알았다. 내내 힘들었고 울고 싶었다는 걸.

지금의 통증을 점수로 치면 몇 점일까요?

치료를 시작하기 전에 매번 이 질문을 받는다. 몇 번을

들어도 내 귀엔 어려운 수학 문제로 들린다. '지금의 아픔 또
는 불편감을 1에서 10점 범위 내에서 숫자로 환산하시오.'

몇 초 동안 많은 생각이 스친다. 이번 주는 얼마나 불편
했지? 살면서 겪어본 제일 강한 통증은 어땠더라? 남들은
그 정도를 10점으로 볼까? 내 기준에서 말해도 되나? 그에
비하면 이번 주는 5점 정도일까? 아차차, 지난주보다 나아
졌는데 지난주보다 점수가 높은 건 아닌가? 이런 생각을 하
다가 자신 없는 목소리로 대충 떠오르는 숫자를 뱉고 만다.

차도를 파악하기 위해 참고하는 것뿐이니 까다롭게 기
준을 찾을 필요는 없는데, 많은 사람이 점수 매기기를 어려
워한다고 했다. 치료사의 설명이 흥미로웠다.

많이 아픈데도 절대 9점이나 10점이라고는 안 하는 분
들이 많아요. 잘 움직이지 못하는 분은 낮은 점수를 주는데
언뜻 보기에 괜찮은 분이 높은 점수를 주기도 하고요. 엄살
이 아니라, 모든 사람한테 똑같이 적용되는 통증의 기준이
없어서 그래요. 전보다 상태가 좋아졌을 때 오히려 더 높은
점수를 매기는 경우도 있어요. 자기 몸에 대해 잘 모를 때는
아프다는 인지를 못 하기도 하고, 사소하더라도 지속적으로
불편한 게 오히려 불편감이 클 수 있거든요.

통증은 객관적으로 수치화할 수 없는 고유한 감각이다.

그러니 '아프다'와 '아프지 않다'를 정하는 기준은 아픈 자신의 느낌과 판단이다. 하지만 스스로 고통을 인지하지 못하거나, 고통을 느끼면서도 믿지 않으려 할 때도 있다.

마음의 통증에 대해서는 더 그렇다. 어디부터가 밖으로 표현해도 되는 정도일까? 아프다고 해도 될 때를 아는 유일한 사람은 자신인데도 스스로 외면할 만큼, 우리는 사랑받지 못하는 고통을 두려워한다. 적절한 사람이 되려고 자꾸 남의 기준과 견주어본다. 남과 비교해 내 통증 점수를 가늠하다 보면 통증을 표현하는 것보다 차라리 마음고름*을 꼭 매어두고 사는 게 편하게 느껴진다.

명 마음속을 드러내지 않으려고 단단히 해둔 다짐. '고름'은 '옷고름'의 준말로 보는 견해가 많다.

마음고름을 단단히 매고 연약한 속살을 드러내 보이지 않으면 삶이 단정하게 느껴진다. 대화할 때도 힘든 일을 털어놓지 않는 사람이 좀 더 어른다워 보인다. 나도 사람들에게 진짜 마음을 드러내지 않을 때가 더 많았다. 정말 하고 싶은 말은 따로 두고, 상대방이 불편해하지 않을 모습으로 나를 꾸며냈다. 문제는 혼자 있을 때조차 괜찮은 척을 하게 된다는 것이었다. 타인의 시선을 내면화해 고통을 재단하는 습관 때문에 자주 '이게 힘들어할 일일까' 하고 의심했다. 의심하는 그 순간, 감정은 해소될 기회를 잃었다.

내 동거인인 진은 잘 웃고 잘 운다. 웃고 우는 데 '능숙하다'는 표현이 더 정확할 것 같다. 처음 알아갈 때는 그런 그가 신기하고 당황스러웠다. 그는 마치 감정에 몸을 입혀 만들어진 사람 같았다. 기쁠 때 냉소적이고 슬플 때 덤덤한 척하는 나와는 반대였다.

만약 내가 전에 힘들었어. 근데 지금 행복해? 그럼 난 행복해!

그렇게 말하는 진을 보며 점차 '현재를 사는 사람이란 이런 모습이 아닐까' 하고 생각하게 됐다. 울고 웃을 줄 아는 능력이 지난 일에 얽매이지 않는 힘이 되는 것이었다.

사람은 자기 마음의 문지기다. 스스로 통과시켜주지 않으면 감정은 언제까지나 그 자리에 머문다. 제대로 느끼고, 표현하고, 일찍 보내줘야 병이 되지 않는다. 부정적 감정을 쉽게 통과시키지 않는 마음은 긍정적 감정 앞에서도 문을 활짝 열지 못했다. 그래서 기쁜 일이 있어도 온전히 느끼기 어려웠다. 억지로 겉웃음을 웃고, 혼자 있을 때 눈물이 나도 늘키면서* 속울음을 울곤 했다.

* 图 시원하게 울지 못하고 꿀꺽꿀꺽 참으면서 느끼어 울다.

지금은 불편한 감정이 들면 1분이라도 감정을 소화할 시간을 가지려고 노력한다. 힘을 빼고 숨을 쉬며 그 감정을 바라본다. 복받치면 저항하지 않고 운다. 통증이 느껴져도 감정이 마음을 지나가도록 놔둔다. 참는 게 아니라, 내가 내 편이 되어 그 과정을 함께 해낸다고 생각한다.

'나는 지금 아파. 아픈 걸 잘 느껴보자. 그러는 동안 좀 더 아플 수도 있지만 그래도 이 통증은 내 거야. 받아들여주면 곧 사라질 거야.'

기분이 좋지 않은 이유를 문장으로 반복해서 말해보기도 한다.

'나는 지금 ○○○에게 내 수고를 인정받지 못해서 화가난다.'

반복하고 또 반복하면서 감정은 점점 옅어진다. 내가 풀쳐생각*을 하는 방법이다. 자신을 마주할 때만은 마음고름을 풀어버리고 보호받지 않는 맨살을 어루만지는 방법.

> *圈 맺혔던 생각을 풀어버리고 스스로 위로함.

내가 관대한 문지기가 되기를 바란다. 속마음을 보이지 않겠다는 다짐이 숨 쉬기 불편할 만큼 마음을 조이지 않기를, 풀쳐생각을 할 수 있는 유일한 사람은 나 자신이라는 걸 기억하기를 바란다.

건강을

잃었다고

느끼는 순간

（ '텡쇠' ）여도 아니어도

（ '모지라져' ）간다

04

무엇보다 건강 회복하셔서 항상 즐겁고 행복한 삶 이루어가
시길 기도하겠습니다.

아는 사람이 새해 인사를 보냈다. 내가 병원에 자주 다
니는 게 마음에 걸렸던 모양이다. 마음 써주신 게 감사하면
서도 선뜻 답장을 할 수 없었다. 큰 병이 있는 건 아닌데도,
그때는 어쩐지 상황에 맞지 않는 인사를 받은 기분이었다.

나에겐 난치병과 불치병이 몇 개 있다. 이렇게 말하면
심각한 상황 같지만 사실 귀여운 축에 속하는 것들이다.
ADHD와 청각과민증이 그중 일부다. 일상이 녹록지는 않지
만 내 몸이 세상에 적응하는 방식이라 생각하며 지낸다. 스
물둘에 재발성 류머티즘 관절염 진단을 받고 '체질이라 평
생 동안 완치가 안 된다'라는 얘기를 들었을 때는 좀 놀랐다.
그런데 지금은 수술받은 뒤 2년 만에 자궁내막증이 재발했
다는 말을 듣고도 그러려니 하는 똥배짱이 생겼다.

처음에는 서둘러 생활 방식을 모두 바꾸고 깨끗이 나아
야 한다고 생각했다. 특히 수술 직후에는 병을 재발시킬 수
있는 생활 습관을 고치려고 노력했다. 그런데 그렇게 간단
한 일이 아니었다. 한 해 두 해가 지나도 바라는 만큼 쉽게
좋아지지 않으니 의지가 꺾이고 낙담하기도 했다.

전에 다니던 일터의 점장님은 자주 말씀하셨다.

　　사람들은 완전히 건강해져야 한다고 생각들 하는데, 원래 나이 들면 완치라는 개념이 없어요. 그냥 살 만큼만 관리하면서 사는 거지.

　　점장님은 합병증으로 한쪽 눈의 시력을 잃었고, 자궁에도 커다란 혹이 있지만 그냥 지낸다고 하셨다. 조바심을 내다가 지치고, 큰 변화를 만나 좌절하기도 하면서 그런 마음 상태에 닿으신 게 아닐까.

　　다들 어딘가 아프고, 심해지거나 괜찮아지며 살고 있다. 내 지인들은 거의 한 번씩 수술을 했고, 미래를 계획하기 어려울 만큼 아픈 친구도 있다. 주변을 조금만 둘러봐도 생각하게 된다. 세상에 완전히 건강한 상태로 사는 사람이 과연 얼마나 있을까.

　　생사가 갈릴 만큼 아픈 걸 건강하다고 하기야 어렵겠지만, 그게 아니라면 어떤 기준으로 건강과 불건강을 나누어야 할까. 궁금해서 검색해본 적이 있다. 세계보건기구(WHO) 헌장이 정의하는 건강은 '질병이 없거나 허약하지 않은 것만 말하는 것이 아니라 신체적·정신적·사회적으로 완전히 안녕한 상태에 놓여 있는 것'이다.* 신체뿐 아니라 정신과 사회적으로까지, 게다가 '완전히' 안녕해야 한다니. 좀 너무들 한다 싶다.

스스로 완벽히 건강하다고 믿던 때가 있었다. 허리가 아파 엉덩이를 두드리면서도 내 몸만 한 짐을 메고 다녔다. 무릎이 욱신거려 걷기 힘들 때도 한겨울 눈길에 반바지를 입고 걷는 패기가 자랑스러웠다. 그런데 꾸준히 무리를 하고 몸이 보내는 신호를 무시하다 보니 어느새 일주일에 서너 곳의 병원을 돌고 있었다. 그제야 마음만 먹으면 북극 횡단이건 오대양 일주건 다 할 것 같던 내가 사실은 텡쇠[**]였음을 깨달았다.

'텅 빈 사람'이라는 뜻을 가진 이 우리말이 재미있긴 하지만, 건강하지 않은 삶을 일컬어 '텅 빈 삶'이라고 할 수 있을지는 모르겠다. 우리가 "건강이 최고야" "건강 잃으면 다 소용없어"라고 습관처럼 말하는 건 그만큼 건강이 삶의 질에 미치는 영향이 크기 때문이다. 하지만 다시 건강해지기 어려운 사람들에게는 그 말이 박탈감을 줄 수 있다. 건강하지 않은 사람은 행복을 누릴 자격을 이미 잃었다는 뜻이기 때문이다.

건강하지 않은 사람이 자신의 얘기를 편하게 할 수 없는 상황에는 이렇게 건강을 최고로 여기는 분위기도 한몫하

[*] 〈두산백과〉에서는 "사회가 각 개인의 건강에 기대하는 것도 많아졌기 때문에 사회적인 건강이란 면에서 이와 같은 정의가 생겨난 것으로 보인다"라고 설명을 덧붙인다.

[**] 명 겉으로는 튼튼하게 보이지만 속은 허약한 사람을 낮잡아 이르는 말. '텡'은 '텅 비어 있다'에서 '텅'과 같은 뜻이고, '-쇠'는 '마당쇠'에서처럼 사람을 낮게 일컫는 말이다.

지 않나 싶다. 괜히 분위기를 처지게 할 것 같고, 병과 상관 없는 부분들까지 병으로 평가받을 것 같은 걱정도 든다.

만일 아픈 사람의 일상을 우울하고 힘든 시간, 중요한 일을 할 수 없는 시간으로 생각하고 있다면 그것도 편견이 다. 건강은 인생의 중요한 밑천이지만 건강하지 않다고 해 서 인생이 불완전하거나 불행한 건 아니다. 아픔에 대한 공 감이 중요한 것만큼 이 사실도 기억해야 한다. 누군가를 무 심코 배제하거나, '선의'가 '소외'를 만드는 일이 없도록 하 기 위해서.

병과 비장하게 싸워 이겨내는 생활도 있지만, 완치를 기대하기보다 자신을 도닥이며 조금씩 나아가려는 태도도 있다. 낫지 못할 병과 평화롭게 반려하는 생활도 있다. 병력 을 쓰면 A4 한 장을 앞뒤로 채우는 내가 글을 쓰고 편의점 에서 일하며 보람차게 사는 것도 소박한 예시가 될 수 있 을까?

살 만한 병들만 가져서 이런 말을 한다고 생각할지도 모르겠다. 하지만 사회가 건강을 강요하는 방향으로 기울어 있는 듯하니 나는 반대 방향으로 언어를 보태고 싶다. 건강 하지 않아도 괜찮다. 건강하지 않은 인생도 틀리지 않다. 점 점 '투병'보다 '치병'이라는 말이 많이 쓰인다. '반려병'이라

는 말도 자주 보인다. 다채로운 삶의 모습을 바라보는 시선
이 늘었다는 뜻일 거다.

　　나이 들어간다는 건 내 것인 줄 알았던 것들을 하나씩
돌려주는 일인 것 같다. 건강한 사람도 건강하지 않은 사람
도 삶 속에서 똑같이 닳아가고, 모지라져가는* 중이다. 연필
이 여기저기 흔적을 남기면서 짧아져 몽당　　*
연필이 되듯이. 서로 타고난 길이가 다르　　⑧ 물건의 끝이 닳아서 없어지다.
고 모지라지는 속도도 다르다. 하지만 한 글자 한 글자 만들
어가는 과정은 누구에게나 즐거웠으면 좋겠다.

적절한 사람이

되고 싶은

순간

자전거 타듯 ('호습게')

('알쭌한') 나를 만나기

05

대학 때, 한 선배가 갑자기 자전거 여행을 떠나자고 했다. 자전거를 타고 갈 수 있는 데까지 가보자는 것이었다. 학과 사람들 일곱 명이 번개처럼 모였다. 목적지도, 돌아가는 시간도 정하지 않고 떠나는 여행. 당시에는 휴대폰으로 길을 찾을 수도 없었지만 걱정하는 사람은 아무도 없었다.

　　우리는 고속도로며 국도며 가리지 않고 무작정 달렸다. 지금 생각하면 자동차 운전자들에게도 민폐이고 다친 사람 없이 돌아온 게 천만다행인데, 그때는 함께 정처 없이 달리는 기분이 호습기만* 했다. 일곱 시간 동안 쉬지 않고 달려 진이 빠진 우리는 어느 절 앞에서 도토리묵무침과 동동주를 먹고, 망연해진 채로 돌아갈 방도를 궁리하다, 알음알음 빌린 용달차에 실려 학교로 돌아왔다.

*
[형] 무엇을 타거나 할 때 즐겁고 긴장감이 넘쳐 짜릿한 맛이 있다.

　　참 시시하고 허무한 무전여행이었다. 국토 종단을 해서 자랑거리를 남긴 것도 아니고 넉넉한 일정으로 깨달음을 얻은 것도 아니고. 보호 장구도 없이 객기를 부린 게 지금 생각하면 부끄럽다. 그래도 그때를 떠올리면 기분이 좋아진다. 그때 '이것을 한다면 이러이러해야 한다'는 생각 없이 무작정 저지를 수 있는 단순 무식함이 있었다. 남의 기준을 들이대지 않고 살 수 있어서 그만큼 행복한 면이 있었다.

원래 나는 뭔가를 할 때 현실적인 목적을 찾지 않았다. 그냥 하고 싶어서 하는 경우가 대부분이었다. 친구들이 취업을 위해 영어 동아리나 경제 동아리에서 활동할 때 나는 신입생이 없어 망해가는 패러글라이딩 동아리에 날마다 발도장을 찍었다. 결국 동아리가 없어져서 나도 3년 만에 그만뒀다. 여러 번 직장을 옮겨 다니면서 지원서의 취미나 특기란에 '패러글라이딩'이라고 적은 일은 한 번도 없다. 하지만 호숩게 하늘을 날아보겠다는 목표를 이룬 것만으로 내내 흡족했다.

자전거는 무식한 낭만주의자인 내 모습을 보여주는 물건이다. 어릴 때 나는 왜 걷는 게 어색하게 느껴질까 하고 생각했었다. 그러다 중학교 1학년이 되어 자전거를 배웠을 때, '내게 맞는 방식은 이거였구나' 싶었다. 땅에 발을 붙이고 걷는 일은 남보다 서툴렀지만 페달을 굴려 바람을 느끼는 건 잘할 수 있었다.

자칭 '베스트 드라이버'라고 자만하다가 다치는 일도 있었다. 그럴 때마다 집에서 자전거 금지령이 내려 자전거를 팔아야 했는데, 시간이 좀 지나면 다시 구해서 몰래 타고 다녔다. 집에서 떨어진 곳에 받쳐두고, 들키면 친구한테서 하루 빌려 왔다고 둘러댔다. 자전거를 안 타면 제대로 살고 있지 않은 기분이 들었다.

어떤 취미는 몸의 일부가 되는 것 같다. 겨울 아침 자전거를 타고 떡집 아르바이트를 하러 가다 눈길에 미끄러진 후로 추워지면 왼쪽 발목이 시큰거린다. 하지만 그 감각은 그때 살던 마을의 골목골목을 떠오르게 한다. 해가 지면 가로등과 자전거의 전조등 빛만 드문드문 보이던 길, 묘한 공허감, 그럼에도 뭔가 해볼 수 있을 것 같은 생각에 벅찼던 기분. 동남아 어느 나라에 살 때는 빗물이 무릎까지 차오른 길에서 자전거를 타다 대차게 무릎을 박기도 했다. 참 힘들었던 그 시절의 기억도 통증으로 몸의 일부가 됐다. 그게 싫지 않다. 자전거와는 소소한 무용담을 공유하는 사이라고나 할까. 살아온 시간 대부분을 대표하는 물건이 있다는 게 어쩐지 든든하다.

하고 싶은 게 있으면 주변에서 뭐라 해도 듣지 않던 나는 타인의 시선을 의식하면서 마음의 중심을 잃어갔다. 내 모습 중 과한 면을 깎아내야 할 것 같았고 부족한 면은 부풀려 메워야 할 것 같았다. 어느새 나는 내 행동을 미안해하는 것이 아니라, 나라는 존재를 미안해하고 있었다. 마치 글을 얼기설기 고치다 보면 원문의 매력이 사라지는 것처럼, 예전의 장점이 다 지워졌다고 생각했다.

그런 와중에도 자전거를 탈 때만은 행복을 느끼는 힘이 알쭌하게* 살아 있었다. 어떤 환경에서건 내 식의 낭만주의에 기대 살 수 있을 것 같았다.

* 〔형〕 다른 것이 섞이지 않아 순수하거나 순전하다.

지금도 현실적 고민보다는 몽상에 젖고, 뜻이 맞는 소수의 사람과 새로운 시도에 대해 얘기하길 즐긴다. 대외 활동에서 훅 줄어드는 에너지를 충전하기 위해 혼자만의 시간을 듬뿍 누린다. 사회적인 효율성이 떨어져 불편할 때도 있지만 이게 내가 사는 방식이다. 내가 내가 아니게 되는 것보다는 나다움을 좋아하려고 노력하는 게 더 쉽다는 걸 아니까.

자전거는 나아감으로써 균형을 잡는다. 나를 둘러싼 환경에서 느끼는 감정들은 모두 내가 균형을 잡으면 주위로 스쳐가는 호젓한 풍경이다. 여전히 세상을 걷는 걸음걸이가 어색한 나는 자전거 위에서 생각한다. 지금의 모습도 알쭌한 나이고, 나는 나인 채로 충분히 행복할 수 있는 사람이라고. 느리게 가든 빠르게 가든 가보고 싶은 곳으로 나아가며 처음 지나는 길의 맛을 즐기는 것. 자전거 타기는 살아가는 일과 참 닮았다.

마음이

나약하게

느껴지는 순간

('은결든') 마음은

('알심') 을 품는다

06

마음이 여리다는 말을 자주 들었다. 맞는 말이었다. 나는 작은 일에도 일희일비, 아니 일비일비했다. 스스로도 약한 사람이구나, 생각했다. 강한 사람들은 이런 모습을 보이지 않을 테니까. 시간이 흐르며, 의문이 생겼다.

강함과 약함을 가르는 기준은 뭘까?

잘 알던 사람 중에 자신감 넘치고 긍정적인 사람이 있었다. 평소에 그런 사람들을 나와는 다른 세계의 사람처럼 느끼곤 했는데, 특히나 그는 나 따위가 결코 이룰 수 없는 어떤 경지에 있는 듯했다. 그런데 어느 날 그가 스트레스에 직면하는 게 힘들다고 고백했다.

나는 부정적인 생각을 하고 있는 게 정신적으로 벅차. 그래서 얼른 다른 생각으로 바꾸는 거야.

그 사람의 긍정성과 자기 확신은 그런 원리였다. 그때 생각했다. 부정적인 면에 초점을 맞출 수 있다는 건 부정적 요소에 직면할 힘을 그만큼 많이 가졌다는 뜻도 되지 않을까. 걱정스럽고 부족하게 느껴지는 부분을 파고들어 자신과 상황을 개선하려는 의지가 그만큼 강한 게 아닐까.

사소한 일에 두루 마음 쓰는 사람은 에너지가 풍부한 사람이다. 자신만의 기준을 여럿 가지고서 지키려 노력할 여유가 있는 거니까. 그리고 그런 여유 속에는 타인의 입장에 들어가보는 상상력도 포함된다.

'알심'*이라는 낱말 속에 엮인 두 가지 뜻은 마치 이런 얘기를 전하는 것 같다. '약해져보았기 때문에 마음속에 타인을 품을 수 있는 단단함을 갖게 된 다.' 측은지심은 비슷한 아픔을 겪어낸 입장에서 갖는 연대감이니까. 민감한 당신에게는 나약함이 아닌 알심이 있는지도 모른다. 단지 지금 당장은 자신의 강 인함을 발견하고 받아들일 수 없는 상태인지도.

작은 일에 신경을 기울이는 섬세함이 독이 될 때가 많긴 하다. 원할 때 원하는 만큼 둔감해질 수 있다면 얼마나 좋을까. 그렇지만 중요한 건 이런 사람들에게는 그만큼 자원이 풍부하다는 사실이다. 자원을 쓰는 방향이 적절한지 확인하는 습관을 들인다면, 그리고 사용하는 에너지가 과하지 않도록 양을 조절할 줄 안다면, 섬세함이 걸림돌이 아닌 반짝이는 재능으로 나타나는 순간도 늘 수 있다.

예전 직장의 사수는 내가 생각이 너무 많고 속을 풀지 못해 몸이 아픈 거라고 말했다. 그것도 맞는 말이지만, 한편으로 분명한 건 내가 '생각이 너무 많은' 사람이기에 사수가 칭찬하던 통찰력을 가질 수 있었다는 것이다.

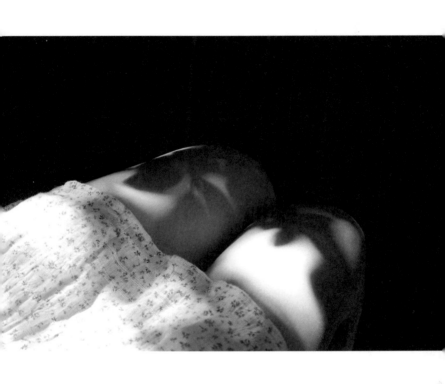

이제는 내 약함을 걱정하는 시선을 마주할 때 이렇게 말해보기도 한다.

꼭 그렇지만도 않아요. 씩씩하고 믿음직하게 봐주시면 감사하겠습니다.

더는 당차고 '쎄' 보이는 사람들을 무조건 동경하지 않는다. 쉽게 타인을 강자, 나를 약자의 자리에 놓지 않는다. 내가 가진 단단함의 근거들을 더 찾아본다.

살아오면서 많이 은결들었다.* 나를 아프게 하는 것들을 인정하기 싫어서 아무렇지 않은 척 스스로 속이며 마음을 묵혀뒀다. 시간이 흐르니 그게 마음의 병으로 나타났다. 하지만 비슷한 과정을 누구나 겪는다. 약해졌다가 강해지고 다시 약해지는 과정. 약함도 강함도 내 전체가 아니라 일부에 대한 평가라는 걸 깨달아가는 과정.

고(故) 최명희 소설가가 《혼불》에서 쓴 아름다운 말 중 '꽃심'이 있다. 전라북도 방언으로 '꽃처럼 기품 있는 힘이나 마음'이라는 뜻이다. 은결든 시간이 오래 묵어 만들어진 알심은 단순한 알심이 아닌 꽃심. 귀하고 품격 있는 향기를 풍기는 마음이 된다.

> 통 1. 상처가 내부에 생기다.
> 2. 원통한 일로 남모르게 속이 상하다.

행복이

실감 나지 않는

순간

('오감한') 게 많아서

('해낙낙해') !

07

작년 어느 날, 미술관에서 설치미술을 보는데 난데없이 눈이 뜨거워졌다. 어둑하고 텅 빈 방. 바닥에 165개의 전구가 펼쳐져 있었다. 전시일이 하루 지나면 한 개의 전구가 꺼진다고 했다. 마지막 날에는 하나의 전구만 남고, 다음은 완전한 어둠. 평생 '죽음'을 주제로 다뤄온 현대 미술가 크리스티앙 볼탕스키의 〈황혼〉이라는 작품이었다. 얼마 남지 않은 전구를 보면서 충격을 받았다. 삶의 허망함을 눈으로 확인한 기분이었다.

건강검진 후 난소암 의심 소견을 들은 적이 있다. 태연한 척하려 했지만 진료실에서 나오자 밑에서 쑥 밀어 올리듯 눈물이 났다. 진짜 이렇게 끝일 수도 있겠네. 한번은 전셋집 화장실 천장이 석면 재질인 걸 알게 된 일도 있었다. 천장에 여러 번 나사를 풀고 박았던 터라 이런 생각이 들었다. 이게 뭐야. 혹시 내 수명이 10년으로 줄어든 거라면, 화장실 등 가는 거랑 남은 인생을 맞바꾼 건가? 허무했다.

다행히 암은 아니어서 한 번의 수술로 걱정을 덜었고, 비산된 석면도 실제로는 크게 영향을 미치지 않았을지 모른다. 하지만 내 삶에 몇 개의 전구가 남아 있을지는 알 수 없는 노릇이다. 어떤 일이든 실제로 내게 일어날 확률이 반반이라고 할 때 내가 내일 죽을 확률도 50퍼센트다. 죽음이라는 결말은 처음부터 '스포'돼 있는데도 사람들은 모르는 듯 살아간다. 죽을지도 모른다는 생각이 들었을 때 나는 생각했다. 아오, 진작 정신 차릴걸.

그래서 날마다 나 자신에게 알려주려고 노력한다. 나는 내일 진짜 죽는다. 오늘이 진짜, 진짜, 진짜로 마지막 날이다. 아침을 맞는 일이 우울해도 내일부터는 일으키고 싶은 몸조차 없다. 홧김에 맞아본 눈 밑 보톡스의 부작용 때문에 거울을 보며 괴로워할 수도 없고, 사람들과 주고받은 상처를 돌아보며 속상해할 방법도 없다. 그제야 '지금'이 좀 살아난다.

나에게 행복은 나아갈 방향을 알고 있으면서 여기가 끝이어도 좋다고 여기는 상태다. 갑작스러운 죽음과 바라는 미래를 동시에 상상할 때 행복이 선명해진다. 10년 후를 위해 조금씩 노력하는 기쁨으로 살아 있음을 느끼고, 반대로 앞날 같은 건 없다고 상상하면서 오늘의 가치를 양껏 만지려 노력한다.

평소 '삶은 고(苦)'라는 말을 버릇처럼 떠올렸다. 그러면 힘든 시간이 당연하게 느껴져 차라리 편했다. 하지만 삶을 바라보는 시각은 한쪽으로 치우쳐갔다. 부정적인 것을 빼고 남은 것을 행복으로 여겼으니, 내겐 모든 시간이 '고'였다.

　　행복을 과목으로 친다면 수학이 아닌 체육에 가깝다. 행복은 빼기도 더하기도 아닌 균형과 조절의 문제였으니. 하루 속의 작은 다행을 알아보는 시력, 한 가지 일의 밝음과 어둠을 폭넓게 바라보는 시야, 공허와 좌절 속에서 가늘고 단단한 보람을 붙잡고 버티는 근력과 지구력, 불필요한 감정에 발을 빠뜨리지 않고 자신만의 자세를 유지하는 기술. 그런 것들이 모여 행복을 누리는 능력이 되는 것이었다.

　　거듭 생각을 떨치고 숨을 고르며 넘겨야 하는 시간들이 있다. 손가락 하나로 벼랑을 붙들고 있는 날도 있다. 버텨야 하는 하루. 그런 하루가 이어지다 보면 마침내 버티지 않아도 되는 하루가 찾아왔을 때 알게 된다. 조금 더 고요해질 수 있다는 게 행복이란 걸. 얼마나 이어질지 모르는 지금의 '조금 더 고요한' 하루가 오감한* 것이라는 걸. 완전히 자유롭고 평화롭지는 않더라도 말이다. 그리고 버텨야 하는 하루 속에도 나를 버

* [형] 분수에 맞아 만족히 여길 만하다. 지나칠 정도라고 느낄 만큼 고맙다.

티게 해준 힘들이 숨어 있음을 똑바로 보게 된다. 미래의 환상과 현재의 불행 틈에 조각조각 끼어 있는 행복을 알아보게 된다.

　　잠자리에 누우면 그날의 다행한 일을 찾아보곤 한다. 오늘은 운 좋게 자전거 수리점이 늦게까지 열어서 브레이크

를 고칠 수 있었고, 긴 시간 볕에 내놓을 뻔했던 냉동 택배를
진이 집에 들여놔주었고, 편의점 근무 후 정산이 딱 맞았고,
다친 곳이 없고, 주변 사람들에게도 나쁜 소식이 없었다. 헤
아리다 보면 손가락 다섯 개가 금방 접힌다. 손가락 안으로
내가 쥘 수 있는 만큼의 행복을 실하게 쥐고 있는 것 같다.
오늘도 잘 살았네, 실감이 들면 잠드는 맘이 해낙낙하다.*

　　행복지수가 가장 높은 덴마크에는 '휘게
(또는 후고, Hygge)'라는 말이 있다. 아늑한
집에서 소중한 사람들과 벽난로를 쬐며 보내는 시간, 즉 '단
순한 삶에서 얻는 행복'을 말한다. 스웨덴어에는 '각자의 삶
에서 딱 알맞은 정도'를 뜻하는 '라곰(Lagom)'이 있다. 주
머니에 조약돌을 넣어 다니며 쥐어보듯 자기만의 낱말 하나
를 품고 사는 건 어떨까. 그 말은 만족이나 감사, 평온을 직
접 뜻하는 말일 수도 있지만, 나를 행복하게 한 누군가의 한
마디나 편안한 장소의 이름, 가장 자유로웠던 순간을 상징
하는 낱말일 수도 있다.

　　여전히 내 더듬이는 행복보다 불행을 잘 감지한다. 하
지만 시나브로 달라져간다. 요즘엔 이런 말도 들었다.

　　바람 씨는 스트레스 잘 안 받을 것 같은데?

　　눈을 동그랗게 뜨고 손사래를 치는데 그분이 덧붙였다.

* 　[형] 마음이 흐뭇하여 만족한 느낌이 있다.

　　보통 작은 일에도 감사하면서 사는 사람은 스트레스 잘 안 받더라고.

　　아이고, 속으셨네요! 생각하면서도 정말 그런 사람에 가까워진 건가 싶어 기뻤다.

　　나는 오늘도 해결되지 않는 깊은 고민들 속에 있다. 아마 언제나 그럴 것이다. 하지만 오늘만 누릴 수 있는 행복이 있는 것도 분명하다. 그 사소한 행복이 마지막 전구의 불빛이라도 괜찮을 것 같다.

흐트러짐이
필요한
순간

('겨르로이') 떠올려보는
('푸서리')

몸살이 찾아왔다. 시큰시큰 다리가 아프고 녹신녹신 허리가 아팠다. 특별히 무리한 건 없었는데 무슨 일일까 싶었다. 그런 느낌이 올 때가 있다. 근육과 장기들이 무너지고 싶어 한다는, 두들겨 맞듯 흠씬 앓고 싶어 한다는 느낌. 마음이 마음 놓고 응석 부리지 못할 때, 마음 아파하기엔 별일 아닌 듯해 민망스러울 때, 마음이 몸에게 말한다. 대신 좀 아프고 흐트러져달라고. 그리고 그게 생각보다 쉽게 이루어질 때가 있다.

진과 싸운 뒤 난 몸살이었다. 성급하게 튀어나온 내 사소한 잔소리에 진은 마침내 화를 냈다. 나도 매번 똑바르지 않은 상태를 못 두고 보는 자신이 답답했다. 마음에 빈칸을 두고 싶었다. 스스로를 벌하고 싶은 마음이 몸 상태와 맞아떨어진 건 아니었을까.

몸살이 나면 그간 지켜오던 일상의 절차가 무의미해진다. 샤워를 한 뒤 곰팡이가 피지 않도록 창문을 열어두는 일도, 젖은 수건에서 냄새가 나지 않게 널어두는 일도 몸이 아플 땐 하나도 중요하지 않은 일이 된다. 일하는 편의점에 대타를 세우지 않으려 하고, 부탁받은 문서 작업을 빨리 끝내려 마음 졸이는 것도, 아플 때는 우선순위 저 밑으로 떨어진다. 노곤한 몸을 침대에 부려놓는 일만으로 빠듯하니까.

그리고 그렇게 해도 아무런 큰일도 일어나지 않는 데에

놀라게 된다. 전부 내가 만들어낸 규칙일 뿐이었나? 평소와 다른 방식으로 생활을 바라보게 되는 건 몸살의 장점이다.

열이 거의 내린 뒤 뒹굴뒹굴하며 휴대폰을 만지고 있으니 진이 말했다.

이렇게 대놓고 오래 빈둥거리는 거 처음 봐.

많이 봐둬. 1년에 한 번이야.

농담이면서 진담이기도 했다. 그만큼 쉴 줄 모르고 살았다. 정신 차려보면 어느새 전력 질주를 하다 휘쳐* 있곤 했다. 하지만 작은 스트레스에도 몸에 말썽이 생기는 지경에 이르니 점점 사는 방식이 바뀌었다. 이제는 일정을 짤 때 무엇이든 겨르로이** 할 수 있도록 여유를 둔다. 그리고 내 상태를 자주 돌아본다. 무리하는 줄도 모르고 매달리면 금세 나둥그라진다는 걸, 몸과 마음이 쇠약해지면 기본적인 것조차 너끈히 해낼 수 없게 된다는 걸 아니까.

* 〔동〕 무엇에 시달려 기운이 빠지고 쇠하여지다.

** 〔부〕 한가로이, 겨를 있게.

언제부턴가 흐트러짐이 필요할 때면 공터를 자주 떠올린다. 어린 시절 살던 동네에는 공터가 많았다. 집 뒤에, 집 앞에, 집 사이사이에 잡풀이 돋은 땅이 있었다. 거기서 친구들과 어울려 놀았다. 언제부터 왜 공터로 남아 있었는지, 앞으로는 어떻게 쓰이는지 궁금하지 않았다. 공터도 우리도

그냥 거기에 있었다.

풀과 나무가 엉킨 땅에는 들어가는 대신 그저 지켜보기를 좋아했다. 고목을 휘감아나가는 넝쿨을 관찰하고, 알차게 여물었다 깨져 뒹구는 호박의 속내를 엿보았다. 눈에 띄지 않게 살아가고 있을 것들을 상상했다. 책에 나온 난쟁이, 정령, 아니면 모르는 뭔가를. 그렇게 일상에 빈칸이 있었다.

요즘은 그런 땅을 보기 어려운 게 문득문득 아쉽다. 빈터를 발견해도 어김없이 울타리가 쳐져 있다. '나대지' '임대문의'라고 쓰인 현수막을 보면서 생각한다. 빈칸을 찾기 어려운 시대구나.

집 안에서도 공사 소음을 피할 수 없어 심신이 지쳐갈 때 "푸서리"*하고 읊조려보면 말이 주는 느슨함에 잠시 사위가 고요해진다. 들숨과 날숨 한 번 한 번이 길어지고, 나를 둘러싼 공기가 더 느리게 흐른다.

* 명 잡초가 무성하고 거친 땅. 잡풀이 우거진 땅은 우리말로 '푸서리'라고 한다. '서리'는 '무엇이 많이 모여 있는 그 사이'를 뜻하고, '푸-'는 '서리'의 'ㅅ' 앞에서 '풀'의 'ㄹ'이 떨어진 말이다.

한 몸처럼 지내는 나의 욕심에게도, 가장 가까운 사람에게도 바람이 지나갈 거리를 둘 수 있을 것만 같다.

눈에 담고 싶다. 잘 닦인 산책로와 줄 세워 심긴 꽃나무가 아니라, 흙과 풀, 나무와 열매, 돌과 벌레, 작고 숨어 있는 것들이 손댄 흔적 없이 아무렇게나 살아 있는 모습을. 그렇

게 존재해도 아무 문제 없다는 듯이 살아가는 것들을 자주
보고 싶다.

　　마음에도 흐트러진 공간을 두려 한다. 불만족을 하나하
나 붙잡아 바꾸려 들지 않고 내버려두는 땅으로 나를 들여
놓는 연습을 한다. 더 좋은 것, 더 나은 것에 대한 강박에서
자유로이 멀어지기를 바란다.

　　하지만 그것도 강박일 뿐. 그냥 푸서리, 중얼거리며 비
어 있고 싶은 날은 그저 숨 쉬는 일만을 즐기면 된다. 헝클어
진 몸과 마음과 머리 또한 자연스러운 내 모습이라는 걸 한
번쯤 떠올릴 수 있으면 된다.

하룻밤이

영원 같은

순간

('눈썹씨름') 없이
('나비잠') 주무세요

어떤 밤은 질기도록 길다. 잠든 지 얼마 안 되어 눈이 떠진 새벽에는 더 그렇다. 잠 속은 밀려드는 생각을 따돌릴 수 있는 유일한 곳이다. 거기서 영문 모르고 튕겨 나오면 '네가 나를 배신해? 얼른 도로 들여보내'라며 문 앞에서 으름장을 놓는다. 하지만 이미 마음 밑바닥에 고인 감정들까지 찾아와 나를 에워싸고 있다. 일어나서 글이라도 쓰면 될 텐데, 누운 몸을 은근하게 내리누르는 어둠이 생각보다 무겁다. 어슴새벽의 어둠은 낮에 잊고 있던 공허와 스산함으로 가득 차 있다.

　　별수 없이 잠들어 있던 시간보다 더 긴 시간을 누워서 보낸다. 수년 전 일에 분노하고, 돌이킬 수 없는 일을 후회하고, 일어나지 않은 일을 불안해하면서 수면 유도 음향과 오디오북을 듣는다. 가까스로 잠이 들어도 노루잠*을 자다 흠칫 깨어난다. 때로는 그대로 방 안이 밝아지는 것을 지켜본다.

명 깊이 들지 못하고 자꾸 놀라 깨는 잠.

　　어렸을 때 나에게 잠은 언제고 숨어들어 노는 안전한 움막이었다. 그리고 시간이 흐른 지금, 나는 새벽 3시에 깨어 《잠 못 드는 고통에 관하여》를 읽는 어른이 됐다. 잠의 요정이 어린이의 눈에 모래를 뿌려 잠들게 한다는 독일 전설처럼, '어른이'의 마음에 불안을 뿌려 잠 못 들게 하는 불면 요정이 있다고 상상하는 어른. 불면 요정이 불안 가루를 솔솔 뿌리면 내가 숨어든 움막에 누군가 침입할 것처럼 두근두근하다.

어젯밤에도 나오는 상관도 없는 태국 광고 영상을 줄줄이 보면서 잘 시간을 넘겼다. 불안을 덮고 싶어서. 때로는 불안할 일이 특별히 없을 때조차 잠자리에 누우면 지구 멸망의 서사를 쓰곤 했다. '이제 진짜 자야 돼. 지금도 늦었어.' '이미 글렀어. 내일 일을 망칠 거야.' '잠도 안 오는데 핸드폰이나 볼까? 안 돼. 눈이 청광에 노출되면 잠이 더 달아난다고.' '요즘 모니터 볼 때 눈이 가물거리는데 벌써 노안이 온 건 아닐까?' 이런 생각을 하다 보면 눈은 더 말똥해지고, 결국 휴대폰으로 '노안'을 검색하는 수순이다.

그럴 때는 누워서 눈썹씨름*을 하는 사람이 나뿐만은 아니라는 게 위안 아닌 위안이 된다. 눈썹씨름이라는 말을 떠올리는 것만으로 심각했던 마음이 누그러지고 살짝 우스워진다. 불면에 대한 농담 같은 낱말. 이 말을 처음 쓴 사람은 잠들려고 억지로 감은 눈에 얼마나 힘이 들어갔으면 눈썹으로 씨름을 한다고 생각했을까. 온갖 생각으로 스스로 다리를 걸어 넘어뜨리던 나는 눈썹과 함께 마음에도 힘을 풀기로 한다. 심각해지지 않는 게

명 '잠을 자려고 눈을 붙이는 일'을 비유하는 말.

잠들기의 기본이니까.

새벽 출근길에 어둑한 골목 끝을 바라보며 걸으면 당연한 것들이 절망스러워졌다. 왜 밤은 끝나야 하고 왜 아침이 오는지, 왜 사람들 틈에 살아야 하는지. 영원히 밤인 곳에서 살고 싶다, 무인도에 가서 살고 싶다는 생각을 했다. 하지만 마음 깊은 곳에서 원한 건 아무도 없다고 느낄 때의 날카로운 자유가 아니라, 있는 그대로의 나를 품어주는 관계의 안정감이었다.

잠이 오지 않는 밤에는 믿는 구석이 필요하다. 어릴 적 마음 놓고 잠들던 밤처럼. 무방비한 나를 지켜줄 이가 아무도 없어 보일 때는 누군가 보내는 작은 신호도 의지가 된다.

그래서 내가 나에게 괜찮다는 신호를 보낸다. 두 팔을 가슴 위에 엇갈리게 놓고 손으로 양쪽 어깨를 번갈아 두드린다. 나비가 날갯짓을 하듯 가만가만 부드럽게. 너는 안전해. 마음 놓아도 돼. 트라우마 치료를 받을 때 사용했던 기법이다. 억지로 자신을 위로하는 말들보다 이렇게 온기와 무게를 얹어주는 게 마음에 와닿는 신호가 되곤 한다. 몇 번을 토닥이다 보면 신기하게도 아침이다. 어느새 잠들었던 것이다.

두 팔을 나비처럼 벌리고 잠든 아이가 되었다고 상상한

다. 나비잠.* 나비잠이라는 소리가 주는 평화
로운 온도를 느껴본다. 그늘 없이 아늑함을
누리고 돌아오는 작은 여행을 꿈꾼다. 잠자

●
명 갓난아이가 두 팔을 머리
위로 벌리고 자는 잠.

고 있을 때 우리 영혼은 콘크리트 벽과 바닥을 사뿐히 넘어
서 향기로운 곳을 날 것이다. 아직 가보지 못한 곳을 다니고
돌아와 낮의 우리가 반걸음 나아갈 실마리를 귀띔해줄 것
이다.

2부

나아갈 길을

열어주는

낱말

일머리가

아쉬운

순간

경험이 약속하는 ('난든집')과

('미립')

10

다양한 일터를 거치며 절절히 느낀바, 나는 일머리가 별로 없다. 특히 '어떻게 하면 이 일을 효율적으로 할 것인가' 하는 고민에는 영 소질이 없다. 보이는 일을, 내키는 방법으로, 하고 싶은 만큼 하는 편이다. 그러다 보니 사무직을 하면 작은 일 하나하나에 시간을 들이는 바람에 야근과 주말 근무에서 벗어나지 못했다. 서비스직도 여러 사람과 같이 일하며 눈치껏 행동해야 하는 일은 잘하지 못했다.

그런데 편의점에서 일할 때는 이런 특징이 오히려 도움이 된다. 눈에 띄는 자잘한 일을 바로바로 해치우면 성실하다는 평가를 받는다. 틀어진 크래커 상자의 열을 맞추고, 앞줄이 빈 삼각김밥을 당겨놓고, 많이 팔린 튀김을 새로 튀기고, 바닥에 진 얼룩을 닦고. 나는 좀 기다렸다가 한 번에 해도 되는 일을 휘뚜루마뚜루* 눈길 손길 닿는 대로 하면서 잔재미를 느낀다. 편의점 일에도 우선순위는 있지만 늘 비슷한 양상으로 돌아가기 때문에 쉽게 익힐 수 있었다.

*
(뷰) 이것저것 가리지 아니하고 닥치는 대로 마구 해치우는 모양.

영 재주가 없는 것 같아도 자신에게 맞는 분야가 하나쯤은 있는 법. '자질구레한 일을 아주 잘하는 손재주'를 '잔재비'라고 하는데, '자질구레한 일'에 초점을 맞추면 내가 잔재비는 좀 있다고 하겠다.

이번 점포는 편의점 아르바이트 중 네 번째로 일하는 곳이다. 그런데 일을 시작하면서는 걱정이 됐다. 평소 손님이 많아 보였고 취급하는 서비스 품목도 다른 점포보다 많았다. 과연, 첫날은 물 마실 틈도 없이 밀려드는 손님에, 손에 안 익은 버튼 조작에, 계산을 하며 계속 어묵과 찐빵과 튀김을 종류별로 채워야 해서 혼이 쏙 빠질 지경이었다.

그렇게 일한 지 9개월이 넘은 지금은 손님의 행렬을 줄여나가며 이런 생각을 한다.

어서 오세요~.

'이번 주에 치과에 갈까 말까.'

봉투 필요하신가요?

'침낭이 필요해. 나 홀로 캠핑에 도전해야겠어.'

늘 이렇게 영혼 없이 일한다는 건 아니고, 그만큼 난든집*이 난 것이다. 여유롭고도 빠른 손놀림으로 착착착. 웃음 띤 얼굴과 목소리로 계산을 하다 보면, 점포 안을 반

> 명 손에 익어서 생긴 재주. '난든집이 생겨서 손에 익숙하게 된 것'을 '난든집 나다'라고 한다.

바퀴 두른 대기 줄은 금세 사라져 있다. 지켜보고 있던 사장님은 감탄을 한다.

진짜 잘하네.

어떤 일이든 하면 하는 만큼 정직하게 익숙해진다는

것. 불공평한 이 세상에도 괜찮은 점이 있다면 그것이다. 분야마다 사람마다 차이가 크긴 해도 몸에 밴다는 것 자체는 믿고 나아갈 수 있다.

이렇게 바쁜 곳에서 난든집이 빨리 난 데는 사장님의 역할이 컸다. 여러 번 배운 일에도 실수를 거듭하는 내게 사장님은 늘 이렇게 말씀하셨다.

익숙해지는 데 시간이 상당히 걸립니다. 나도 한참 걸렸어요. 지금도 안 하던 거 어쩌다 한 번씩 하게 되면 그게 뭐더라, 해요.

성과와 관계없이 마음을 편안하게 해주는 사람이 곁에 있는 건 삶을 건강하게 만들어주었다. 이곳에서 일한 후로 사람들 앞에서 미리 움츠러드는 일도, 긴장 때문에 쉽게 해결할 일을 망치는 일도 많이 줄었다. 내가 나한테 저렇게 말해줄 수 있다면 좋겠다는 생각도 하게 됐다. 나를 안심시키는 목소리가 내 안에 있다면, 어딜 가든 함께라면 얼마나 든든할까.

이제는 글을 쓰면서도, 마음을 치유하면서도 조바심이 날 때면 생각한다. 내가 나를 기다려주자고. 늘지 않는 것 같아도 언젠가는 길이 든다고. 익숙해지고도 실수를 하듯이 간간이 슬럼프에 빠지면서 사는 것도 당연하다고.

사실 주변 사람들이 호의적이지 않을 때는 그렇게 생각하기가 쉽지 않다. 사람에게 환경의 영향이란 의지로 쉽게 뛰어넘을 수 있는 것이 아니다. 빨리 더 나은 성과를 보이라고 요구하는 분위기에서 내가 나를 꼿꼿이 기다려주기란 어려웠다. 누구보다 먼저 일머리 없는 자신을 책망하기 바빴다.

하지만 그 시간 덕분에 미립*이 튼 것도 있다. 비난받는 게 괴로울 때는 비난받는 만큼 내 안에 능력치가 쌓인다고 여기는 것이다. 누군가의 인정을 바라지 않고 살아갈 수 있는 힘이 내면에 저장되고 있다고 상상한다. 억지로 참는 것이 아니라 심지를 세우고 뿌리를 내리는 느낌으로. 적어도 내 경우 그건 진실이었다.

*
명 경험을 통하여 얻은 묘한 이치나 요령. 경험에 의하여 묘한 이치를 깨닫는 것을 '미립이 트다/나다/생기다' '미립을 얻다'라고 한다.

누군가를 실망시켰다는 건 나에 대한 그의 기대치가 줄어들었다는 것이고, 그만큼 내가 압박감에서 자유로워진다는 뜻도 된다. 자책감이 들 때 나는 이렇게 주문을 건다. 가벼워짐에 주목하자. 미움받는 쾌감을 즐기는 변태가 되자. 남보다 못하다고 느낄 때는 인류애도 활용해본다. 내가 낮아짐으로써 누군가 더 빛난다면? 그것도 의미 있는 일이다. 타인의 행복에 기여하는 사람이 되자.

보잘것없으나 이게 내가 사십여 군데의 일터를 겪으며 얻은 미립이다. 일을 잘하는 요령만큼 일을 잘 못할 때 자존감까지 깎아내리지 않는 요령도 중요하다. 각박한 세상에서 잊고 살기 쉽지만, 일에서의 성과가 삶에서의 성과는 아니다. 일을 잘해도 못해도 삶에 대한 미립은 남는다.

진로 고민을

다시

마주한 순간

(`신떨음`) 하며 살지 못해도

(`샘밑`)은 있으니까

11

얼마 전 본가에 있는 짐을 정리하다가 고등학생 때 만든 '독
립출판물'을 발견했다. 내가 쓴 난해한 단편소설인데, 직접
출력해서 작게 자르고 검정 색지로 표지까지 붙인 정성스러
움이 돋보인다. 와⋯ 자의식 대잔치. 오글거림이라는 표현
의 의미를 되새기며 겨우 읽었다. 이걸 친구들에게 돌려 읽
혔다니, 그때의 용기가 부럽다. 그런 소소한 발버둥이 당시
의 일상에서는 큰 한 걸음이었던 것 같다.

　　그때 이미 나는 행복해지는 방법을 알고 있었다. 글을
쓰고 싶었다. 하지만 내게 글쓰기는 지인에게 받은 기타와
비슷한 존재가 되고 말았다. 언젠가는 치겠다며 무려 여섯
번의 이사를 함께했지만 늘 좁은 방 한쪽을 차지하고만 있
던 기타. 쓸모를 확신하면서도 현실적으로는 짐일 뿐인 것.
소중하지만 친해지려고 마음먹으면 도로 데면데면해지는
관계.

　　제한된 환경에서도 당장 할 수 있는 것들을 시도하던
열여덟 때와 같은 자리로 돌아오는 데에 그 나이만큼의 시
간이 필요했다. 정신 차려보니 오늘이라는 숙제를 마쳐야
한다는 일념으로 살고 있었다. 연구 체질이 아닌 줄 알면서
대학원에 갔고, 설 자리를 만들기 위해 확신 없이 계속 진학
을 했다. 그 후에는 맞지 않는 직장에서 야근과 주말 출근을

당연하게 여기며 욕먹지 않기 위해 버텼다.

　　헤매기만 하는 나 자신을 어떻게 대해야 할지 몰랐다. 뭘 하든 끝장나게 신띨음*하며 살 거라 믿었는 데 반대로 영혼이 없다는 말이나 듣고 있다니.

평 신이 나는 대로 실컷 함.

용납할 수 없었지만 그렇다고 별다른 수도 없어 보였다.

　　이런 마음을 털어놓았을 때, 한 친구가 전에 읽은 책 얘기를 들려주었다. 책 속 주인공은 "넌 뭐가 되려고 그러냐?"라는 말을 듣고 이렇게 대답했다고 한다.

　　세상에 없던 것이 되려나 보지.

　　친구는 그 말이 자신에게 큰 위안이 됐다고 했다. 세상에 없던 것. 얼마나 매력적인 말인가. 나는 세상에 없던 것이니 세상에 받아들여지지 않는 게 당연하다! 적어놓고 보면 어쩐지 꼴값 같은 이 건방진 생각은 내가 모래처럼 부스러질 때 잠깐이나마 현실을 모래놀이처럼 느끼게 하는 주문이 되었다.

　　그로부터 인생이 바뀌었다고 말할 수 있으면 좋으련만. 세상에 어울리지 않는 내 모습을 확인하는 시간이 오랫동안 이어졌다. 고등학교만 졸업하면 진로 고민과는 안녕일 줄 알았던 나는 얼마나 순진했는지. 강의 계약이 끝날 때마다, 아니 강의를 하는 내내 이 생활을 계속할지 고민했다. 생각의 회오리에 머리를 집어넣으면 늘 밤이 길어졌다. 그러다 지치면 다시 흐름에 몸을 맡겨 살았다.

하지만 친구가 해준 말은 수년 후 나만의 물길을 트는 데 힘이 됐다. 깊어져가는 우울증과 공황 증세의 힘을 빌려서 마침내 대학가를 떠났고, 온라인에 글을 올리기 시작했다. 작가가 되기로 마음먹은 건 아홉 살이었는데 어느새 30대 후반이었다. 일을 그만두고 보니 왜 진작 그만두지 않았는지 못내 아쉬웠다. 그때는 시집을 보면 표지의 날개부터 펼쳐 저자의 등단 시기와 나이를 확인했다. 등단 시기가 이르면 힘이 빠졌고, 드물게 나와 비슷한 나이에 등단한 경우면 희망과 조바심이 동시에 생겨났다. 점차 그런 자신이 지질하게 느껴졌다. 내 삶의 속도를 남들과 견주는 게 과연 맞는 일일까. 내가 늦지 않았다는 증거를 꼭 바깥에서 찾아야 할까. 이미 오랫동안 그런 삶의 태도 때문에 글 쓰는 일을 미뤄온 것이었다.

글을 쓰는 일도 쉽지는 않았다. 하지만 다행히 하고 싶은 말이 없었던 적은 없다. 지긋지긋하게 여기던 고민 속에서 이야기가 나왔다. 내 안에 있는 줄도 몰랐던 말들이 묵직한 책 한 권이 되는 과정은 신기한 경험이었다.

작가님 글에선 어떤 진심이 느껴져요. 작가님 글은 작

가님만이 쓸 수 있다는 점에서 의미가 있는 것 같습니다.

　　한 독자분이 적어주신 말이 글을 잘 쓴다는 말보다 기뻤다. 살아온 시간을 모두 긍정해주는 말 같아서였다. 세상에 없던 것이 된다는 말은 듣기에 거창하지만, 자신만이 쓸 수 있는 글을 쓴다는 말과 다르지 않다는 생각이 들었다. 그렇다면 나대로 할 수 있는 것을 하는 것, 자신에게 맞는 속도로, 다가오는 경험을 맞닥뜨리며 살아가는 것. 그게 세상에 없던 것이 되는 일이 아닐까. 글에 엄청난 재능을 타고나지 않은 내가 오래 방황하며 생각하는 힘을 기른 건 오히려 다행인지도 몰랐다.

　　꼭 예술 분야가 아니라도 자기 안의 생각과 느낌을 표현하며 살고 싶은 마음은 누구에게나 있다. 샘밑*에 물길을 터주는 방법이 다를 뿐이다. 창조력

* 명 샘이 솟는 근원. 영원한 창조의 근원.

은 드러나는 모습이 화려하지 않을지라도 일상을 뜻대로 일궈가도록 사람을 움직인다. 저마다 호둣속 같은 삶의 미로 속에 있을 테지만, 이 말은 할 수 있을 것 같다. 당장 최상의 결정으로 샘물을 분수처럼 솟게 만들지는 못해도 샘물은 말라 사라지지 않을 것이다. 헤매고 있다면, 샘밑이 길을 터가는 과정에 있다는 뜻이다.

　　에돌아가는 동안 샘은 더 많은 이야기와 힘을 모으며

웅숭깊어질 것이다. 땅 위로 솟는 샘을 막으면 다른 곳으로
물길이 옮겨져 새로운 샘이 생긴다. 물이 흐르는 모양에는
잘못된 것이 없다. 단번에 한 방향으로 뻗어 나오지 못하는
것도, 영 다른 방향으로 흘렀다 되돌아가는 것도 잘못이 아
니다.

생활에

가벼움이

필요한 순간

('도깨비살림') 에서 짐만

('콩케팥케') 라면

12

곤히 자던 새벽에 눈이 번쩍 떠졌다. '스으윽' 소리에 침대 옆을 돌아본 순간 조립식 행거 두 개가 앞으로 쓰러지는 모습이 눈에 들어왔다. 쿵! 뚜둑!

날이 밝고 보니 방 꼴이 딱 빚쟁이가 들이닥쳤다 간 것 같았다. 옷이며 가방이며 스카프며… 행거에 꾸역꾸역 걸고 담아둔 모든 게 바닥에 쏟아져 콩케팥켸*였고 새로 산 선풍기는 옷 더미에 눌려 두 동강이 나 있었다. 사실 놀랄 일도 아니었다. 옷이 빽빽하게 걸린 채 기울어가는 행거를 지켜보면서도 방치했으니.

[명] 사물이 뒤섞여서 뒤죽박죽된 것을 이르는 말. '콩켜팥켜'에서 변한 말로 보인다. '켜'는 포개어진 물건 하나하나의 층을 말한다. 시루에 떡을 찔 때 콩을 얹은 켜와 팥을 얹은 켜가 구분 없이 뒤섞인 모양을 가리킨다.

행거에 걸린 옷 대부분이 내 옷이었다. 나는 모으고, 진은 버린다. 잘 못 버리는 사람과 잘 버리는 사람이 한집에 사니 균형이 맞겠다 싶지만 그렇지도 않다. 진이 이렇게 물으면 나는 당황한다.

이거 버려도 돼? 쓰는 거 못 봤는데.

앗, 그건….

그리고 두 손을 비비적대며 그게 집에 있어야 하는 이유를 읍소하는데, 허리는 잔뜩 굽혔어도 뜻은 쉽게 굽히지 않는다.

이건 내가 죽으면 관에 같이 넣어줘.

소중하고 쓸데없는 물건이 생길 때마다 이렇게 농담하니 이제 진은 이렇게 대꾸한다.

뭐 중국 왕이야? 무덤이 운동장만 해?

나라고 이렇게 살고 싶은 건 아니었다. '언제든 떠날 수 있을 만큼의 짐만 가진 삶'을 꿈꿨다. 살면서 스무 번 넘게 이사를 했고 여행지나 본가에도 자주 오가면서, 짐을 싸고 푸는 데는 이골이 났다. 그런데도 짐을 줄이는 능력만은 도무지 늘 줄 몰랐다.

어떤 달에는 SNS 때문에 충동구매한 것만 다섯 개가 넘었다. 모두 광고에 속아 샀기 때문에 그중에 사용했다고 할 만한 물건은 없었다. 종종 궁금해진다. 살면서 이런 식으로 쓴 푼돈을 모아보면 얼마일까. 그 돈은 애초에 허무하게 사라질 운명이었기에 날 떠난 걸까. 크게 사기를 당하거나 주식을 말아먹은 적은 없으니 그 정도도 잃지 않고 살겠다는 건 미세먼지 안 마시고 숨 쉬겠다는 선언처럼 봐야 하나. 이런 생각을 하다가 '돈지랄'(속어지만 표준어다)의 의미를 되새겨보았다. 분수없이 돈을 함부로 쓰는 짓. 여기서 '함부로'도 중요하지만 '분수'도 중요하다.

그맘때 휴대폰에 찍힌 통장 잔고가 신기해서 진에게 보여줬는데, 진은 보자마자 실소를 터뜨렸다.

와… 어떻게 10원도 없다는 말이 진짜일 수 있지?

8월. 아름다운 숫자였다. 옆으로 보면 뫼비우스의 띠. 영원성의 상징. 불교에서 팔정도는 열반에 이르기 위한 모든 실천을 포함하는 여덟 가지 올바른 길을 말하나니, 이렇게 무소유에 가까워져가는구나. 카드값이 빠져나가고 잔고가 0원이 되는 일은 많았지만 어쩐지 0과 10 사이의 숫자가 남아 있는 게 더 궁상맞아 보였다.

진짜 돈이 하나도 없었던 건 아니다. 얼마 안 되긴 해도 예금이 있고 역시 얼마 안 되긴 해도 전셋집에 묶인 보증금의 일부는 내 몫이었다. 단지 집주인이 보증금 반환을 미루는 바람에 먼지까지 털어 새집 보증금을 마련해야 했을 뿐. 어쨌거나 도깨비살림*이다. 돈 대신 짐만 많으니 중국 왕 같은 호방한 기상으로 쓰고 모으며 살 분수가 아닌 건 분명하다.

명 재물이 있다가도 별안간 없어지는 불안정한 살림살이. 표준국어대사전에서는 한 낱말이 아닌 '도깨비 살림'이라는 관용구로 다루고 있다.

물건을 소유하는 데는 3단계로 돈이 든다. 가질 때, 가진 상태를 유지하는 동안에, 버릴 때. 이 중 소유를 유지하거나 버리기 위해 드는 돈을 모아보면 꽤 많을 것이다. 짐이 많을수록 넓은 집을 빌려야 하고 1~2년마다 드는 이사 비용도 만만찮다.

언제든 배낭에 모두 담아 바람처럼 떠날 수 있는 삶은

얼마나 가뿐할까. 계속 도깨비살림이어도 좋다. 부유(富有)하지는 않아도 자유롭게 부유(浮游)할 수 있는 삶을 살고 싶다. 그런데 간신히 버티고 있는 행거처럼 마음의 짐을 빽빽하게 달고 사는 건 왜일까. 덜 가지고 덜 쓰면 덜 고민하면서 덜 힘들게 살 텐데.

더는 이렇게 살지 말자. 다가온 이사에서 변화를 꾀하기로 마음먹었다. 먼저 옷과 책을 버렸다. 2년 동안 안 입은 옷을 골라보니 사십 벌 넘게 버릴 수 있었다. 책은 관심 분야 책과 좋아하는 작가의 작품만 남기고 팔거나 버렸다. 넓어진 빈자리를 보니 나도 숨통이 트였다. 행거에 공간이 생긴 덕분에 옷을 고르기 쉬워졌고, 당분간 무슨 책을 읽어야 할지도 분명해졌다.

물건이 생겼을 때 느낀 기쁨을 합친 것보다 물건을 버린 기쁨이 더 오래갔다. '가진 건 써야 한다'는 기나긴 압박감에서 해방된 덕이었다. 이사를 마치고 한 달이 될 때까지 한층 단출해진 집 안 풍경을 보며 보람을 느꼈다.

미니멀해질 수 있을지는 모르겠다. 나는 세상에서 제일가는 미련 부자라서 추억이 어린 물건이 너무 많다. 본가에 두고 버리지 못하는 커다란 상자에는 여덟 살 때 친구들과 주고받은 껌종이 쪽지부터 시작해 온갖 종류의 흔적이 담겨

있다. 부장품으로 묻어달라던 물건들도 진이 피부처럼 입던 무릎 닳은 바지, 고양이 별로 떠난 토시의 유품 같은 것들이다.

그런데 물건을 없애면서 오히려 소소한 추억이 생길 수 있다는 것도 이번에 배웠다. 3년간 묵히던 부츠를 당근마켓에서 나눔했을 때가 그랬다. '이런 스타일을 신기엔 나이 들었지'라는 생각 때문에 내놓게 된 신발이었는데, 나오신 분은 우리 엄마 나이대의 여성이었다. "이런 거 신어도 될라나…. 한번 신어보고 싶었던 거라서…" 멋쩍어하는 그분께 "잘 어울리실 것 같아요"라며 부츠를 건네고 돌아오는 마음이 참 뿌듯했다. 자기다울 수 있는 용기를 나눈 기분이었다.

10년 동안 한 번도 안 친 기타도 진짜 주인을 찾아갔다. 똑같은 모델을 치다가 부서진 참에 운명처럼 내 글을 발견했다는 그분은 생명체를 다루듯 세심하게 기타를 살펴보면서 물건이 이 자리에 오기까지에 대해 많은 질문을 했다. 진짜 물건을 소유한다는 건 저런 거구나. 어쩐지 부끄러웠다.

토시가 쓰던 물건들은 길고양이를 임시 보호하는 분들이 너무도 반갑게 받아 가서 나도 기뻤다. 내 추억이 누군가에게 쓸모가 된다는 건 고마운 일이었다. 채소를 키우던 화분을 전달할 때는 노부부의 태도에 감동받았다. 추운 날 기다리게 할까 봐 미리부터 나와 계시다가 자식뻘인 내게 거듭 머리를 숙이며 뒤돌아가시던 분들.

　　좋은 만남이었다, 생각하며 집에 돌아오면 공간이 넓어진 홀가분함이 또 좋았다. 물건을 떠나보내야 할 때가 언제인가를 알고 보내는 내 모습 역시 매우 아름답게 느껴졌다. 그 기분을 오래 기억하기 위해 나는 미니멀리스트의 책을 몇 권 샀다. 그리고 이사한 지 석 달 후, 그러니까 글을 이어서 쓰는 지금, 꾸준한 인터넷 쇼핑으로 집은 다시 콩켸팥켸로, 상당히 사람 냄새 나는 집으로 변해가고 있다. 사람이 항상 아름답게 살 수만은 없는 법인가 보다.

작은 선택이

망설여지는

순간

선택은 ('에멜무지로') ,

결과는 ('감장하는') 마음

13

결정을 빠르고 확신 있게 내리는 사람이 부럽다. 원래도 결정할 때 고민이 많긴 했지만, 언젠가부터 부쩍 작은 선택도 어렵게 느껴진다. 모임에 갈까 말까, 메시지를 보내야 할까 참아야 할까부터 집에 있을지 밖으로 나갈지, 카페에서 여기 앉을지 저기 앉을지, 심지어 웃을 때 'ㅎㅎ'를 쓸지 'ㅋㅋ'를 쓸지까지 고심하다 보면 문득 나라는 인간은 왜 이러나 싶다. 작년부터 삼재인데, 연이어 터지는 문제들을 해결하다 보니 심력이 떨어져서 그런가. 아니, 안 그래도 복잡한 세상인데 작은 결정은 좀 쉽게 쉽게 갑시다.

이런 생각을 하면 떠오르는 기억이 있다. 초등학교 3학년 운동회 때, 잠시 들른 엄마가 용돈으로 700원을 주셨다. 그런데 체육복에 주머니가 없어서 돈을 넣을 수 없었다. 어쩌지? 고민하는데 운동장에 모이라는 안내 방송이 나왔다. 엄마와 나는 신문지로 급히 음료수와 돈을 싸서 화단 뒤에 숨겼다.

운동회가 끝나고 설레는 마음으로 돈과 음료수를 찾으러 갔다. 아무것도 없었다. 주변을 아무리 뒤져도 흔적조차 보이지 않았다. 나는 절망에 휩싸였다. 음료수도 아까웠지만 그때 내게 700원은 너무나 크고 귀한 돈이었다. 나에게 이런 일이 일어났다는 게 도저히 받아들여지지 않았다. 마침 비까지 쏟아져서 실컷 울며 집까지 걸어갔다.

　　엄마는 엉망이 된 내 얼굴을 보고 깜짝 놀랐다. 울먹이
며 더듬더듬 사연을 털어놓자 늘 덜렁댄다고 혼내던 엄마가
나를 따뜻하게 안아주셨다. 그리고 지갑을 가져와 정확히
700원을 꺼냈다. 손바닥 위에 500원짜리 한 개, 100원짜
리 두 개가 다시 놓이자 감동으로 마음이 일렁였다. 눈물이
멎고 속상함이 깨끗이 사라졌다.

　　엄마의 마음은 지금 생각해도 감동인데, 그때 내 속에
잘못된 기대가 싹튼 건 아닌가 한다. 선택의 결과가 나쁘더
라도 내가 아닌 다른 사람이 결과를 감당해줄 수도 있다는
기대. 원치 않은 결과를 순순히 받아들이지 못했던 건 아마
도 타고난 고집과 겸손하지 못한 마음 때문이 더 클 테지만,
아무튼 내 무의식에는 그런 바람이 있었던 것 같다. 내가 잃
어버린 것을 누군가가 채워주길 막연히 바라는 마음.

　　사람은 복잡한 존재다. 늘 여기저기 떠돌아다니는 것이
대담해 보여서인지, 나를 독립적이고 진취적으로 보는 이들
이 많았다. 실제로 꽂힌 일에 대해서는 거침없이 밀고 나가
는 면도 있었다. 그런데 선택이 망설여질 때는 번번이 남에
게 결정의 주도권을 넘겼다. 마음속 직감보다 남의 조언을
더 그럴듯하게 여기곤 했다. 직접 선택한 것이 '꽝'일 때 자

책하지 않을 자신이 없었기 때문이다.

첫 단행본 출간을 앞두고 여러 고민에 빠져 있을 때, 나는 지인에게 말했다.

글 속에 제 정보를 어디까지 공개해야 할지 모르겠어요. 나중 일을 생각하면 이 얘기는 안 넣는 게 좋을 텐데, 책을 위해서는 필요한 내용 같고.

그때 지인의 대답은 이러했다.

바람 씨가 결과를 감당할 수 있다고 생각하는 만큼 쓰면 되지 않을까요?

어, 그렇네. 단순한 거였잖아? 내 선택이니까 내가 감당하는 것이고, 그러니까 내가 감당할 수 있는 만큼을 가늠하면 되는 거고. 결정 앞에 너무 비장해질 필요가 없었다.

선택에 대한 개념을 바꿀 필요가 있다는 걸 깨달았다. 나는 선택에 정답이 없다는 말을 상식으로 여기면서도 정작 선택 상황에서는 시험 문제에서 정답을 결정하듯 하고 있었다. 옳은 답과 틀린 답이 따로 있다고, 머리를 쥐어짜 조금이라도 나은 답을 택해야 한다고 생각했다.

하지만 선택은 시험이 아니라 게임에 가까웠다. 좋아 보이는 답을 고른다고 꼭 만점을 받게 되는 건 아니니까. 누구도 선택이 미칠 영향을 다 알 수 없고, 그래서 주사위를 던

지는 것은 자신이 직접 할 수 있어야 했다. 그래야 내 게임이
되었다. 나에겐 내 이야기를 스스로 써나간다는 자부심, 결
과를 감당할 힘이 내 안에 있다는 믿음이 필요했다. 이 선택
으로 뭔가를 잃어도 괜찮다는 용기는 바로 그 자부심과 믿
음에서 나오는 것이었다.

후회는 과거의 선택을 현재의 시선으로 평가하기 때문
에 생긴다. 하지만 선택을 했던 순간의 나는 선택의 결과를
감당하고 있는 지금의 내가 아니다. 그래서 후회는 그 자체
로 모순이다. 시점을 섞어서 바라보며 감정을 소모하는 일
은 어리석다. 스스로 선택했다는 건 그것만으로도 삶을 감
장하기* 위해 최선을 다했다는 뜻이다. 주어진 인생을 방기
하지 않았다는 뜻이다. 물론 이 말들은 후회
가 많은 나를 위한 자기암시다.

〔통〕 제힘으로 일을 처리하여
나가다.

짐을 느슨하게 묶어두는 마음으로 선택하면 어떨까. 곧
다시 풀어볼 주머니는 풀기 어려울 만큼 꽉 묶지 않는다. 내
가 짐을 지고 걸을 수 있을 만큼만 잘 묶는다 여기고, '풀어
지면 다시 묶지' 하듯이 '길이 막히면 또 방법을 찾지' 하고
생각하기. 결과에 대한 통제 욕구로 애면글면하기보다 결과
를 모른다는 것에 재미를 느끼면서 에멜무지로** 선택해
보기.

물론 살다 보면 가볍지 않은 결과를 감당해야 할 때도 많다. 상실과 실패는 아프다. 그럼에도 어쩔 수 없는

●●
[부] 1. 단단하게 묶지 않은 모양. 2. 결과를 바라지 않고, 헛일하는 셈 치고 시험 삼아 하는 모양.

사실. 삶은 나에게 잃어버린 700원을 돌려주지 않는다. 잃어버린 것은 잃어버린 것이다. 다만 아픔을 내 몫으로 받아들이면 어느 날, 의외의 순간에 이런 생각이 찾아오기도 한다. '어쩌면 그 선택이, 그 배움이 지금을 위한 것이었는지도 모른다.' 어떤 경험을 하든 내 것이 된다는 약속. 그것만은 인생이 사람에게 지키는 의리가 아닌가 한다.

생각의 틀을

바꾸고 싶은

순간

('옥생각')도 하다 보면

('든버릇난버릇')

14

진과 나는 둘 다 사람 만나는 일을 어려워하는데, 우리에겐 중요한 차이점이 있다. 나는 사람 사이의 일을 깊이 고민하지만, 진은 길게 생각하기보다 어떻게든 빨리 잊으려 노력한다는 것. 한번은 사람들 틈에서 부끄러웠던 이야기를 들려주자 진이 답했다.

그런 캐릭터도 괜찮지 않나?

둔해서 말귀를 못 알아듣는 면이 친근하고 유순한 매력이 되지 않겠느냐는 뜻이었다. 그런 캐릭터도 괜찮지 않나? 마음에 착 붙는 문장이었다. 이거다. 내면의 소리를 반박해보기에 좋은 문장 형식.

필요할 때마다 이렇게 저렇게 문장을 변주해본다. 염세적인 내 모습이 부끄러울 때 '이런 삐딱함도 매력 있지 않나?' 문제가 엎친 데 덮치면 '파도가 높으면 서핑이 짜릿하지 않나?' 지겨운 마음 습관이 제자리인 것 같을 때 '이런 사람도 세상에 필요하지 않나?'

처음부터 이렇게 할 수 있었던 건 아니다. 세상을 바라보는 내 시선은 오랫동안 나 자신에게 좋지 않은 방향으로 기울어져 있었다. 사람들이 내 손짓 발짓까지 지켜보며 평가할 거라는 생각, 누구든 나를 깊이 알면 무시하게 되거나 좋아하기 어려울 거라는 옥생각*에 빠져 있을 때가 많았다.

대화를 나눌 때는 상대방의 작은 표정 변화, 자세 변화 하나하나에 마음이 움찔거렸다. 기분이 안 좋아 보이면 내가 뭘 잘못했는지, 나의 어떤 점이 그 사람의 마음에 들지 않았을지부터 생각했다. 상대방이 가볍게 던진 말에도 뼈가 있는 건 아닌지 걱정부터 하다 보니 농담이 잘 통하지 않는 사람이 되곤 했다.

그만큼 혼자서 상처받는 일도 많았다. 그날 있었던 일에 대해 옥생각에 빠지면 밤에 잠자리에 누워서도 같은 생각 속을 헤맸다. 그 사람은 왜 그런 말을 했을까. 내가 이렇게 말한 게 거슬렸나? 그냥 내가 마음에 안 드는 걸까?

이런 생각도 세상에 적응하려고 애쓰는 과정에서 생긴 것들이다. 하지만 손발톱이 옥아서** 살을 파고들듯이, 나를 보호하겠다고 만든 생각들이 도리어 나를 갉아먹으며 괴로움을 만들었다.

앉거나 설 때 발과 골반 각도를 조금씩 트는 습관 때문에 척추의 모양이 변한다고 한다. 1~2밀리미터의 각도 차이가 쌓이고 쌓여 큰 차이가 되는 것이다. 틀어진 척추로는 오래 걸을 수 없고 무거운 물건을 들 수도 없다. 마음의 중심도 생각 습관이 조금씩 쌓여 틀어진다. 자주 반복되는 내 옥생

* [명] 1. 옹졸한 생각. 2. 공연히 자기에게 해롭게만 받아들이는 그른 생각.

** [형] '옥-'은 '안쪽으로 조금 오그라져 있다'는 뜻의 형용사에서 온 접두사다.

각들은 점차 사람과 만나는 일에 부담을 더해갔다. 도전할 수 있는 일의 범위도 그만큼 줄었다. 내가 부족한 사람이라는 자기 인식에서 나온 생각들이 그 인식을 더 단단하게 만들었던 것이다.

내가 뭘 할 수 있을까.

우습게 들릴 수도 있지만 한때 나는 그런 생각에까지 이르렀다.

몇 년 동안 심리상담을 받으면서 인지 오류를 바로잡았다. 힘든 생각이 나면 하나씩 살피면서 의심하고 반박한 뒤 나에게 도움이 되는 생각으로 바꾸어보았다. 처음에는 '이게 무슨 의미인가' 싶었다. 억지로 생각을 바꾸는 건 마치 고개를 돌려 뒤를 보면서 앞이라는 말을 믿어야 하는 것처럼 거북한 일이었다.

상담 횟수가 쌓이면서 내 마음의 모양이 머릿속에 지도처럼 그려졌다. 내가 일상에서 자주 쓰는 감정은 슬픔, 죄책감, 수치심이었다. 감정은 늘 제멋대로 찾아왔다. 그러나 감정이 마음속을 난장판으로 만들지 않게 막는 방법은 있었다. 마음의 문을 지나 들어온 순간 바로 '얘가 누구지' '어디에서 왔지' 하고 살펴보는 것.

자세히 들여다보면 근본 없는 아이가 없었다. 내 경험

이 빚은 생각들이었다. 오래전 자라를 보고 놀란 가슴이 솥 뚜껑도 아닌 변기 뚜껑을 보고 놀라는 경우가 많았다. 정체를 알고 나면 차분히 머리를 쓰다듬어주고 여기서는 뛰어놀면 안 된다고 달래어 돌려보냈다. 조심히 가. 다음에 또 오겠지만 그땐 문을 박차지 말고 점잖게 노크해주렴.

한 사람의 생각은 제한된 정보로 지극히 주관적인 사고 과정을 거친다. 감정의 영향도 크게 받는다. 그러니 어떤 생각이 떠오른다면 거기에 완전히 젖기보다 가능성을 두루 열어두려고 애쓸 필요가 있다. 내 생각이 맞을 수도 있지만 틀릴 수도 있어, 이 생각도 곧 달라질 수 있어, 라고.

세상이 모두 나를 공격한다고 생각할 때, 그리고 내가 공격당할 만한 사람이라고 여길 때, 나는 언제나 공격당하는 듯이 아팠고 방어 태세를 풀지 못해 지쳤다. 하지만 사람들이 두려움을 가진 가여운 존재이며 내게 호의를 보내는 동료라고 여길 때, 내가 사람들에게 도움받을 수 있고 가끔이나마 사람들을 포용해줄 능력이 있다고 믿을 때, 나는 많은 결점을 가지고도 떳떳할 수 있었다.

그래서 '든버릇난버릇'*이라는 말은 들여다보면 무서운 말이다. 하지만 삶을 원하는 대로 움직일 힘이 자신에게 있다는 진실도 이 말에 담겨 있다. 아무리 고치기 어려운 든버

●
명 후천적 습관이 선천적 성격처럼 되어가는 것을 이르는 말. '든버릇'은 몸속에 들어온 버릇, 즉 고치기 어려운 버릇이다. 국립국어원 우리말샘에서는 '난버릇'을 '고쳐지거나 없어진 버릇'이라는 뜻의 북한말로 소개하지만 '든버릇 난버릇'에 쓰인 '난버릇'은 이와 같은 뜻으로 보기 어렵다는 것이 국립국어원의 견해다.

릇이라도 후천적으로 만들어지고, 간단히 바뀌지는 않지만 아예 바꿀 수 없는 것도 아니다. 사람에게는 생각을 자신에게 도움 되는 방향으로 바꿀 능력이 있다.

마음을 덮쳐오는 생각과 감정은 바닷가의 바위를 덮는 파도와 같다. 계속해서 다른 물결이 다가와 새로운 파도가 치고 계속해서 물거품이 부서져 내리듯이, 생각과 감정도 쉼 없이 그 뒤의 생각과 감정에 밀려 부서져나간다. 당장은 한 번의 파도가 마치 거대한 진리처럼 느껴질지라도.

세상을 보는 틀이 마음에 들지 않을 때는 조바심 내지 않고 1도만 각도를 틀어보기. 1도의 차이가 쌓이고 쌓이면 큰 창으로 가득 드는 햇볕을 쬘 만큼 고개를 돌릴 수 있게 될 것이다. 그러면 어느 날, 앞인 줄만 알고 바라보던 곳이 뒤였음을 깨달을지도 모른다.

자극적인

즐거움에

목마른 순간

('엇구수한') 맛에 더
('감빨리는') 삶을 향해

15

일주일간 입원해 있다가 집으로 돌아온 어느 날이었다.

우리 주말에 같이 마트 가자!

그렇게 말하는 진은 좀 신이 난 듯 보였다. 요리를 하는 사람이 나뿐이라 입원 전에 냉장고의 식재료는 다 해치워두었으니, 그동안 아무도 없는 집에서 혼자 밥을 먹는 것도, 라면이나 햄버거로 끼니를 때우는 것도 지겨웠을 것이다.

그런데 나는 병원 밥만 먹다 보니 자극에 절어 있던 입맛이 비로소 살아난 참이었다. 처음으로 단 음식이 입에 당기지 않았다. 짭짜래하고 다디단 바깥 음식을 먹으면 입 안이 텁텁하게 느껴졌고 오히려 삼삼한 음식에서 감칠맛이 났다.

수술을 하게 된 건 식습관 탓도 컸다. 입맛을 바꾸지 않으면 병이 재발해서 또 수술을 해야 할 수도 있었다. 내내 이번에야말로 새 삶을 살겠다고 마음먹다 보니 마트에 가자는 일상적인 제안이 마치 나를 위험한 뒷골목으로 불러들이는 말처럼 느껴졌다. 진에게는 미안했지만 가지 않았다.

한 달쯤 걸렸나 보다. 그 다짐을 까맣게 잊기까지. 나는 언제 그랬냐는 듯 초코 과자를 종류별로 사다 놓고 눈에 들어올 때마다 뜯어 먹고 있었다. 결국 이럴 것을. 입원 기간 동안 병시중으로 고생한 동거인 기분이라도 좀 맞춰줄 걸 그랬다.

20대 중반에는 환경운동을 실천하겠다며 5년간 채식을 했다. 취지는 좋았지만 잘못된 방식의 채식이었다. 고기를 먹지 않으니 소화가 금방 끝나 속이 비었는데, 구빨* 때마다 밀것**으로 속을 채웠다. 샌드위치나 빵을 끼니로 삼는 것도 일상이었다. 시간이 지나자 온갖 종류의 여드름이 함성을 내지르기 시작했다. 위염이 심해진 것을 시작으로 아픈 데도 늘어갔다.

아무리 굳은 다짐을 해도 달콤한 주전부리를 보면 참을 수 없이 감빨렸다.*** 먹으면 곧바로 속이 쓰리니 어떤 때는 맛만 보고 뱉기까지 했다. 모르는 사이 영혼을 파는 계약이라도 했던 걸까. 단맛은 내 혀가 존재하는 이유와도 같았다.

왜 그렇게 탄수화물과 당에 끌렸을까. 다른 이유도 있지만, 즉각적인 행복에 대한 기대가 강했다는 점도 크게 작용했다. 단맛은 극적인 만족감을 주었다. 연애가 잘 안 풀려도, 사람들에게 인정받지 못해도, 단맛만 혀에 감으면 원하는 순간에 곧바로 만족감을 느낄 수 있었다.

* [형] 배 속이 허전하여 자꾸 먹고 싶다.

** [명] 밀가루로 만든 음식.

*** [동] 1. 맛있게 쪽쪽 빨리다. '감빨다'의 피동사. 2. 감칠맛이 나게 입맛이 당기다. 3. 이익을 얻으려는 욕심이 생기다.

하지만 손쉬운 만족을 얻기 위해 치러야 하는 건 돈만이 아니었다. 원하는 인생을 살 수 있는 밑천을 나는 잠깐 스쳐갈 만족감과 바꾸고 있었다. 사람의 장기와 혈관은 생각보다 내구성이 떨어지는 소모품이었고, 최고의 행복을 주던 탄수화물과 당은 벗어나기 어려운 우울감도 가져왔다(당은 인슐린 저항성을 높여서 우울증 위험도 높인다). 상냥하게 나를 달래며 힘을 보태주던 당분이 염증과 우울증을 부추기리라고 상상이나 했을까.

'감빨리다'는 어딘가 노골적인 말맛 때문인지 소리 내 말하기 부끄러운 생각이 든다. 그 점이 낱말의 뜻과도 통하는 듯하다. '감빨리다'의 여러 뜻은 입맛뿐 아니라 마음의 편식도 보여준다. 삶의 다양한 맛을 못 본 체하고 다디단 기쁨만 얻으려 하는 마음. 제대로 들여다보지 않은 채 단맛으로 덮어둔 우울은 배로 불어난다. 그리고 자극적인 즐거움에 길든 정신은 소박한 즐거움을 알아보기 어렵다.

어릴 적에는 세상에 엄청난 행복들이 존재할 거라고 믿었다. 내가 그 행복을 다 누리지 못할까 봐 정신없이 달렸다. 갖가지 수단을 찾아 외국으로 나갔다. 한 나라에서 어느 정도 살았다 싶으면 다른 나라가 궁금했다. 더 좋은 풍경을 눈에 담고, 더 신선한 문물을 경험하고 싶었다. 그렇게 자극적인 행복을 추구하다가도 기대보다 못하면 대신할 것들을 찾아서 두리번거렸다. 바로 자극적인 음식들을.

　돌아다닐 힘이 바닥난 뒤에 집순이로 살면서 의외의 사실을 알게 됐다. 머릿속에 별빛이 부서지는 느낌만이 행복이 아니었다. 이 당연해 보이는 한 문장이 살갗에 닿기가 그렇게 어려웠던가 보다. 소박하고 단순하게 만든 음식을 먹으며 몸과 마음의 편안함을 느끼고, 그렇게 얻은 힘으로 좋아하는 일을 더 즐기는 것도 지극히 행복한 일이었다. 미래의 행복 밑천을 끌어다 쓰지 않아도 즐거움을 누릴 수 있으니, 그거야말로 경제적인 선택이었다.

　요즘은 편의점 사장님이 권하는 싱싱한 폐기 상품 중에서도 빵과 과자류는 되도록 가려서 받는다. 아침 식사로 달콤한 것을 먹기보다 누룽지를 끓여 먹으려 노력한다. 퇴원 후 미각이 살아났을 때처럼 엇구수한* 맛에서도 감칠맛을 느낄 수 있길 바라고 있다.

〔형〕 1. 맛이나 냄새가 조금 구수하다. 2. 말이나 이야기가 듣기에 그럴듯한 데가 있다. 3. 하는 짓이나 차림, 또는 어떤 내용이 수수하면서도 은근한 맛이 있어 마음을 끄는 데가 있다.

　나에게 묻는다. 진짜 이걸 원하는 게 맞아? 나중의 행복과 바꿔도 좋을 만큼? 물론 확인 과정을 거칠 이성이 존재하지 않을 때도 있지만, 무심코 집어 들던 상품을 내려놓는 기술이 생긴 건 참으로 다행이다.

그래서인 것 같다. 생활 방식에서도 엇구수함을 느끼는 감각이 살아나고 있다. 영하의 날씨에 뜨끈한 이불 속에서 잠드는 맛. 퇴근 후 식구와 조잘거리는 실없는 이야기의 맛. 부탁받은 작업을 빨리 마치려고 조바심을 내다가 5분간 눈을 감고 느껴보는 고요의 맛. 수수하고 은근한, 그렇지만 마음속을 한가득 채우는 맛.

되풀이되는

일상이

지루한 순간

('곰비임비') 순간을 쌓아가는

('옥실옥실한') 재미

16

어으엄청나게 마신는 참외애애 와쓰음니다!! 시잉싱하고오 마신느은 사과아 복숭아아 자두우 이쓰음니다!!

방에서 노트북을 보고 있었다. 키 작은 선풍기가 더운 바람을 몸에 끼얹었다.

…애애 와쓰음니다!!

귀 바깥에 웅웅대던 목소리가 점차 머릿속에서 밝아진다. 어, 과일이 뚝 떨어졌는데. 지난번에는 사장님을 부르고 뛰어 내려갔지만 놓쳤더랬다. 잠옷 원피스 차림으로 쪼르르 베란다로 나간다. 밀짚모자 아저씨의 뒷모습이 보인다. 사장님!! 사장니임!! 두 손을 입 앞에 모은다. 참외애!!! 잠깐만요!!!! 사장님이 그제야 돌아보고 여유롭게 손짓한다.

참외만 사러 내려갔는데 사과랑 자두까지 한 짐 챙겨 올라온다. 날 더운데 손쉽게 한 건 했네. 식탁 위에 대충 올려두고 다시 노트북 앞에 앉는다. 편집자님에게 답장이 와 있다. '날씨가 어마어마하네요. 밖에 나가기 무서울 정도입니다. 집도 지옥이지만….' 벽시계를 본다. 4시 40분. 점심 때부터 앉아 있으니 허리가 조여온다. 유튜브 창을 열고 책상 옆에 깔린 요가 매트로 내려간다.

오늘은 몸을 안 썼으니 긴 걸 해볼까, 하다가 50분 파워 근력 운동을 누르고 만다. 일단 시작하면 어떻게든 되겠지. 시작한 지 5분 만에 팔다리가 벌벌 떨린다. 20분, 없는 복근이 찢어질 것 같다. 40분, 팔로 다리를 잡으라는데 땀 때문에 잡히지 않는다. 50분, 나는 무엇을 하고 있는가. 아무 생각이 없다. 유튜버가 끝을 알린다. 정말 수고하셨습니다.

미끈거리는 매트에 누워 호흡을 고른다. 오른쪽 장판 밑에서 곰팡내가 진하게 풍겨온다. 얼굴을 왼편으로 약간 돌려 숨을 쉰다. 손등을 바닥에 놓고 힘을 뺀다. 머릿속이 갑자기 횅하다. 큰 창을 얼기설기 가려놓은 암막 커튼 사이로 햇빛이 새고 있다. 아파트 공터의 푸서리에서 들려오는 매미 울음이 커진다. 왱왱왱왱왜애애….

여름 한낮은 시끄러워도 고요하다. 시절이 멎은 듯 멍한 감각 때문이다. 여름에는 '왜'가 없다. 왜 살고 있는지, 왜 움직이는지 궁금해질 겨를이 없다. 덥다. 그리고 그냥 한다. 왜냐고 물어주는 건 매미들이 대신하는 거지, 라는 썰렁한 농담을 생각하며 낭창해진 몸을 일으킨다.

요가 매트를 들고 욕실로 간다. 명상 오디오북을 튼다. 자분자분한 목소리를 들으며 목욕을 하고, 요가 매트를 씻고, 방치한 손빨래를 하고, 방을 닦는다. 펑퍼짐한 새 원피스를 꺼내 입는다. 헐렁헐렁한 틈새로 선풍기 바람이 끼어든

다. 장기까지 기가 빠진 듯하면서도 묘하게 개운하다. 목이
마르다.

　　식탁 위 장바구니에서 자두 하나와 사과 하나를 꺼내
싱크대로 간다. 뜨뜻하던 수돗물에 점차 찬기가 돈다. 물기
로 반짝이는 자두를 손에 들고 식탁 의자를 베란다 창 쪽으
로 돌려 앉는다. 서너 종류의 매미가 코를 골듯 울고 있다.
자두 속에 앞니가 부드럽게 박힌다. 벌써 달큰하다. 손에 든
과육은 몇 번 씹고 삼키자 어느새 사라지고 없다.

　　사과를 먹을 땐, 사과를 먹어요.*

　　듣고 있던 오디오북에서 흘러나온 말에 문득
오디오북을 끈다. 사과를 집는다. 새빨갛고 단단한
무게가 오른손에 얹힌다. 만질만질한 껍질을 처음 보는 물
건처럼 훑어보다 입술보다 조금 낮은 온도를 베어 문다. 입
안 전체에 확 퍼지는 당도에 흠칫 놀란다. 단맛 끝에 가짜는
아니라는 듯 식물 향이 얹혀 있다. 사장님은 정직했다. 자두
도 사과도 '어음청나게' 맛있고 싱싱하다.

　　귓속에서 사금사금 사과 씹는 소리와 갑자기 높아진 매
미 울음이 섞여 든다. 먹을수록 목이 말라져 단물을 열심히
빨며 목으로 넘긴다. 사과와 매미 울음을 함께 씹고 삼키고
씹고 삼킨다. 쎄에에에에에… 매미 울음이 점점 달아진다.

디아, 《1일 1명상 1평온》,
카시오페아, 2020.

이 맛이지, 싶다. 여름의 옥실옥실한* 재미.

•
형 아기자기한 재미 따위가
많은 모양.

　　며칠 전 길에서 친구 이와 매미 허물을
관찰했다. 황토색으로 빛나는 껍질은 등 부분이 활짝 열린
채로, 바람에 흔들리며 풀잎에 붙어 있었다. 내가 말했다.

　　저기서 나갈 때는 얼마나 개운할까?

　　엄청 아프대.

　　아프다고? 어떻게 알아?

　　저 안에서 원래보다 더 큰 게 나오는데 당연히 아프겠지?

　　이는 원래의 껍데기 속에서 더 큰 몸이 나오는 바닷게
의 영상을 보여주었다. 나는 궁금해졌다. 매미는 자신이 무
얼 하고 있는지 알았을까? 허물이 허물인 걸 알았을까? 바닷
게는 두 개의 껍데기 속에서 미칠 듯 갑갑했을까? 껍데기 하
나를 벗으려 할 때 삶이 끝나는 건 아니란 걸 알고 있었을까?

　　또 궁금하다. 나라는 이야기에 결말이 있다면 지금은
이야기 속 어디쯤일지. 좌표를 알고 싶지만 끝나지 않은 이
야기 속에서 나를 조감하듯 볼 수는 없다. '완료' 버튼을 클
릭해도, 누군가 '수고하셨다'고 끝을 알려도 끝은 언제나 뭔
가의 시작이다. 그저 치열함과 치열함 사이에 고개를 든다.
살갗에 개운한 바람을 맞고, 과일의 우연한 달콤함을 맛
본다.

일상이 몸을 죄어올 때가 있다. 특히 눈에 보이는 성과 없이 제자리에만 머무는 것 같을 때는 그 자리에서 서서히 땅에 묻혀가는 느낌마저 든다. 하지만 지금을 답답하게 느끼는 건 일상이 비좁게 느껴질 만큼 내가 성장하고 있다는 뜻일지 모른다.

똑같이 되풀이되는 하루는 없다. 오늘은 새 글을 완성했고, 평소보다 긴 요가를 했고, 과일을 샀고, 순간에 집중하는 연습을 했다. 그리고 매미와 게를 떠올리며 새로운 생각을 했다. 생각도, 경험도, 문장도 같은 듯하면서 다른 모습으로 곰비임비* 쌓여간다. 곰비임비. 그 고소한 말맛에는 일상 속 나만 아는 재미들이 담겨 있다.

> * [뷰] 물건이 거듭 쌓이거나 일이 계속 일어남을 나타내는 말.

내가 찾아낸 숨은 그림에서 아무 맛이 나지 않을 때도 있다. 그럴 때는 잊지 않았는지 돌아본다. 내 힘으로 하루를 살아간다는 게 얼마나 큰일인지, 그걸 해내고 있는 게 얼마나 장한지. '나아감'이란 사실 머릿속에서 만들어낸 관념에 지나지 않는다는 것도. 존재하는 것만으로도 삶은 삶이다.

아아, 그렇지. '사과를 먹을 때는, 사과를 먹어요.' 그러나 생각에 빠진 사이 사과의 단맛은 이미 입 안에서 사라졌고, 엄지와 집게손가락 사이엔 홀쭉해진 사과 기둥이 걸려 있다.

　　맞은편 어느 집 장독에 저녁 빛이 든다. 이제 햇볕은 마당에서 고개를 끄덕이는 노인처럼 가만가만하다. 방충망을 여니 하늘색이 체에 거른 듯 순해진다. 한결 식은 바람이 얼굴을 덮는다. 그 감각이 그때까지 듣던 모든 소리를 슬쩍 밀어낸다. 아, 저녁이 왔다. 깜짝 놀라 시계를 본다. 불려둔 쌀을 서둘러 압력솥에 붓고 강불에 올린다.

나를 용서하기

어려운

순간

('깨닫한') 것으로
('저름하며') 나아갈 뿐

17

그 사람 참 좋은 사람이야, 라고 말하고 싶을 때 요즘은 자주 멈칫한다. 세상에 좋은 사람 나쁜 사람이 따로 없다는 생각도 들고, 이런 의심도 들어서 그렇다. 내게 잘해주는 사람, 내가 좋아하는 사람을 좋은 사람으로 평가해도 괜찮을까? 혹시 그 사람다움을 가지치기하고 내가 원하는 모습에 묶어두는 일이 되는 건 아닐까?

이렇게까지 생각이 깊어지는 건 내가 '좋은 사람'이라는 환상에 얽매여 많은 것을 놓쳐봤기 때문이다. 어릴 적에는 선과 악이 분명하게 나뉘어 있다고 생각했다. 나는 절대 악의 편에 속하지 않는 사람이라고 믿었다.

사람들 속의 나를 겪으면서 환상에 금이 갔다. 때때로 내 모습은 무신경하고 무관심했고, 이기적이었다. 나쁜 행동이 나쁜 마음에서만 나오는 건 아니었다. 판단력이 부족할 때, 자신이 옳다는 확신이 너무 강할 때, 스스로 생각하며 의심하기를 포기하고 흐름에 따를 때, 약자라는 피해의식에 빠져서 배려를 잃을 때도 인간은 바람직하지 못한 행동을 한다. 그리고 뭔가를 해야 할 때 하지 않는 것 역시 잘못된 일이 될 수 있었다.

세상일을 잘 안다고 여기던 30대 초반, 나는 학과 업무를 일부 맡고 있었다. 마음의 여유를 가지기 어려운 나날이었다. 어느 날 다른 교수님들과 사이가 좋지 않던 교수님에게서 전화가 왔다. 몸이 조금 편치 않아 입원해 있는데 다른 교수들에게는 절대로, 절대로 알리지 말라고 하셨다. 힘주어 말하는 교수님에게 힘주어 대답했다. 알겠습니다, 걱정 마세요.

몇 주쯤 지났을까, 교수님의 부인에게서 전화가 왔다. 부고였다. 바로 서울로 가서 조문객 받는 일을 도왔다. 장례식장을 찾은 한 교수님이 나를 보고 외쳤다. 너는 말을 해야지, 알면서 왜 가만히 있었어? 아픈 줄 알았으면 한번 찾아가 얼굴이라도 보고 보냈을 텐데. 평소 그분과 사이가 좋지 않던 분이었다. 옆에 있던 내 친구는 그 교수님이 자신의 죄책감을 너에게 돌린 것이니 마음 쓰지 말라고 말해주었다. 하지만 흘려들을 수 없었다. 이미 스스로에게 하고 있었던 말이었다.

부끄럽고 죄스러웠다. 병중인 그분의 상황에 조금 더 관심이 있었다면 지금은 건강이 어떠신지, 정말로 비밀로 하는 게 좋을지 다시 물을 수 있지 않았을까. 그 신신당부가 반어법은 아닌지 주변에 조언을 구할 수도 있었을 것이고, 그랬다면 사람들과 오래 묵은 감정을 풀고 더 마음 편히 가셨을지도 몰랐다.

죄책감만큼 사람을 옭아매는 감정이 있을까. 죄책감은 후회되는 일의 모든 원인이 나에게서 비롯된 것처럼 믿게 만든다. 재작년 반려묘를 잃은 뒤 마음 깊은 곳에 그리움만큼 크게 남은 감정은 미안함이었다. 그 아이가 돌아올 수 없어서 마음속 궤짝에는 열쇠가 없다고 생각했다.

시간이 흐르며 깨단한* 것이 있다. 죄책감도 내가 선택한 감정이다. 죄책감에 압도당하는 것은 마음속으로 자신을 벌하면서 얻는 감정적 이득이 있기 때문이다. 하지만 그게 잘못을 똑바로 직면하고 뉘우치는 일과 같지는 않다. 그때 왜 그랬을까. 왜 조금만 생각하면 알 수 있는 걸 몰랐을까. 내가 이렇게 했더라면, 저렇게 했더라면. 모든 게 내가 나쁘고 못난 탓이라고 자신을 쓰레기 취급해보아도 상황은 나은 방향으로 변하지 않는다. 남는 건 왜곡된 기억과 자책 속으로 도피하는 마음, 그리고 제자리를 맴도는 자기 인식이다.

적당히 남 탓이나 상황 탓을 하자는 뜻은 아니다. 정확히 어떤 부분에서 바람직하지 않은 점이 있었는지, 그런 생각이나 행동은 왜 일어났는지, 내 의지가 아닌 다른 요인이 있었다면 무엇인지, 역력이 닿지 않았던 것까지 떠안으려

*
⑧ 오랫동안 생각해내지 못하던 일 따위를 어떠한 실마리로 말미암아 깨닫거나 분명히 알다.

하는 건 아닌지 하나씩 똑바로 들여다볼 때 상황을 제대로 받아들일 수 있다. 더 진실하게 자신을 돌아볼 수 있다. 그리고 다음에는 조금 나은 선택을 할 수 있다. 그래서 지금은 궤짝 속에 죄책감 대신 작은 목표를 담아두려 한다. 좀 더 건강해져서 가끔이라도 유기묘·유기견 봉사를 다니겠다는 목표다.

'깨닫하다'라는 말은 '깨닫다'와 조금 다르다. 오랫동안 깨닫지 못하던 것을 어떤 실마리로 깨닫게 된다는 뜻이 담겨 있다. 깨닫하는 일에는 실패와 아픔이라는 실마리가 필요하다. 마음속 궤짝이 보물상자보다 판도라의 상자에 가깝긴 해도, 거기에는 얻은 것이 함께 담긴다.

우리는 뒤늦게 깨닫하고, 그러고서도 비슷한 잘못을 반복한다. 너무나 불완전하고 어리석은 게 사람이니까. 그러나 20년 전, 10년 전의 나와 지금의 나는 많이 다르다. 상처를 주면서 스스로 받은 상처가 있고 실수를 하며 얻은 깨달음도 있다. 그런 것들이 저금하듯 쌓여서 저큼하는* 힘이 되었다. 조금이나마 나은 사람이 되게 도와주었다.

> * 〔동〕 잘못을 고치고 다시 같은 잘못을 하지 않도록 조심하다.

더는 어릴 적 만화영화에서 보던 착한 놈의 편에 나를 두지 않는다. 몽니를 부리다 주인공의 손에 외마디 비명으

로 사라지는 악당에게 마음을 둔다. 어떤 삶의 면면을 품고 있었을지, 그가 하고 싶었던 변명이 무엇일지 상상한다. 평범한 악을 저지르기 쉬운 소시민들은 그 모습에 더 가까울 수 있다는 생각도 한다.

다만 한 가지는 믿는다. 좋은 사람이 되고자 하는 의지와 노력이 선한 마음이라는 것. 선하기만 한 사람은 없지만, 선한 마음은 도처에 있다는 것. 마음 깊은 곳에 열리지 않는 궤짝이 있다면 무리해서 열거나 부수려 하기보다 마음의 저금통처럼 생각해보는 것도 괜찮지 않을까. 주제넘은 말일지 모르겠다. 하지만 그게 우리가 할 수 있는 가장 나은 선택이다. 반복된 어리석음만큼 깨단한 것들이 쌓이면, 어느 순간부터는 그게 삶의 무게중심이 되어줄 것이다. 무게가 묵직한 아픔이 되기도 하지만, 남은 삶에서 균형을 잃지 않게 도와주기도 한다. 주변에 아픔 대신 사랑에 가까운 감정들을 옮길 수 있게.

내 힘으로

어쩔 도리가 없는

순간

삶이 내게 ('비사치') 는

('비나리')

18

그때 내 기분은 완전히 바닥이었다. 오랜만에 본가에 와서 산책을 나왔지만 얼굴이 붉으락푸르락했다. 걷다가 멈춰 긴 메시지를 쓰고, 쓰다가 질질 울었다.

애인에게 나 자신도 어쩔 수 없는 것들에 대한 애길 하는데 대화는 자꾸만 의도와 다른 방향으로 흘렀다. 날아오는 말들이 가슴을 찔렀고 지금 받은 상처를 흘려보낼 자신이 없었다. 이렇게 잘 맞는 사람하고도 안 된다면 난 이제 어떡하나. 영영 혼자 지내야 하는 건가. 이런 생각들을 하며 망연하게 아무 방향으로나 걸었다.

처음 들어가본 골목 끝에 시선이 걸렸다. 저게 뭐지? 쇠붙이가 빼곡히 걸린 수레가 있었다. 크고 작은 풍경들이 위 칸부터 아래 칸까지 5층에 걸쳐 수레를 채우고 있었다.

'풍경을 이렇게 파는 행상이 다 있네? 여긴 사람도 안 다니는데.'

마침 애인이 몇 주 전부터 풍경을 몹시 갖고 싶어 했다. 나는 어느새 다가가 풍경을 하나씩 울려보고 있었다.

사장님 이건 얼마예요? 이거는요?

얼~마든지 보시고 천~천히 고르십시오!!

이걸로 드릴까요? 예~ 예. 이걸로 귀~하게 포장해 드리겠습니다아!!

　신기한 분이었다. 죽상을 한 나를 향해 세상에서 가장 행복한 사람 같은 표정을 지었고 목소리는 우렁찼다. 저렇게 행복해 보이는 사람을 본 적이 있던가? 덩달아 마음이 슬쩍 누그러졌다.

　가암사합니다아!!!

　포장된 풍경을 받고 돌아서려는데 그분이 다시 외쳤다.

　자암시만 기다리십시오!! 제가 선물을 하나 드리겠습니다아!!

　자아, 눈을 감고 이 종을 한번 쳐보십시오오. 그리고 마음속으로 소원을 빌어보십시오오. 세상 어어디에서도 들을 수 없는 조옿은 소리를 들려드리겠습니다아!!

　나는 외따로 걸린 작은 종 앞에 섰다. 소원을 빌어보라. 좋은 소리를 들려준다. 평소 같으면 뜬금없다고 생각했을 말이었지만 그분의 분위기 때문인지 당연한 일처럼 느껴졌다. 정말로 소원을 비는 것밖에 방법이 없는 순간에 그런 주문을 받으니 반갑기도 했다.

　종에 달린 줄을 붙잡고 집중했다. 땡————. 울림이 사라질 때까지 진지하게 소원을 빌었다. 내가 해결할 수 없는 이 문제가 삶의 걸림돌이 되지 않게 해달라고. 이 관계를 잃지 않게 해달라고.

이어서 사장님은 뒤쪽으로 돌아가더니 수레를 붙들었다.

으잇차!!

수레에 걸린 모든 풍경이 일제히 흔들렸다. 우레 같으면서도 동글동글한 폭포 소리. 높고 가벼운 소리부터 낮고 무거운 소리까지, 수많은 소리가 영롱하게 부서져 내렸다. 나는 놀라지 않았다. 소리들이 머릿속으로 쳐들어와 감정을 쨍그랑쨍그랑 조각내는 게 시원했다. 이렇게 큰 소리가 전혀 듣기 싫지 않다는 게 생소하면서도 상쾌했다. 문득 이런 생각이 찾아왔다.

이게 다 뭐라고.

내가 고민하는 것들은 지금 붙잡고 생각해봐야 소용없었다. 오히려 그런 생각이 나를 더 민감해지게 만들고 있었다. 그냥 저분처럼 지금이면 족하다, 하고 넘기면 넘겨질 일을 굳이 붙들어두고 있었던 거 아닐까. 귓가에 맴도는 잔향을 들으면서 사장님과 인사를 나누었다.

소원 꼬옥 이루시고 어디에 가시든 거언강하십시오오!!

뒤돌아보자 수레와 남자는 온데간데없었다, 라고 쓰고 싶을 만큼 묘한 기분이었다.

집에 돌아와 엽서를 썼다. 풍경 수레가 만들어준 생각에 대해서. 그리고 애인을 다시 만났을 때 풍경과 함께 엽서를 선물했다. 어색함이 누그러지는 순간이었다. 우리는 함께 방 천장에 풍경을 걸었다.

　큰 창으로 바람이 들어 풍경 소리를 들을 때면 그 마음이 떠오른다. 이게 다 뭐라고. 이 작은 사건은 나에게 전과 다르게 사는 방식을 말해주고 있었다. 할 수 있는 만큼을 하며 매 순간을 살고, 남은 일에 대해서는 그저 잘되기를 빌어보라고, 감정이 쌓이면 풍경 수레를 흔들듯이 기분을 한번 털어내고 또 살면 된다고 말하는 듯했다.

　막다른 길에 다다랐을 때 만나는 작은 우연은 잠시 숨통을 틔워주는 삶의 선물이다. 내 능력으로는 여기서 더 나아갈 수 없다고 느끼는 허탈한 마음에 삶이 비사치는* 하나의 신호. 한자리에 고여 있는 느낌이 들수록, 더 이상 나아갈 힘이 없다고

* 直설적으로 말하지 않고, 에둘러 말하여 은근히 깨우치다.

느낄수록 사소한 일들의 의미를 느껴보는 것은 중요하다. 무의식에 쌓여온 마음의 소리가 별것 아닌 일을 통해 의식 위로 고개를 내미는 경우가 많기 때문이다.

　그럴 때 우리는 '아, 꼭 이런 방식이 아니어도 되는 거였네' 하고 좁은 시야 안에 갇혀 있었음을 깨닫기도 하고, '이게 그렇게 중요한 일인가?' 하며 감정에서 한 발짝 물러서기도 한다. 때로는 '이 분야에서는 여기까지구나. 이건 아

니라는 거구나' 하고 아쉬움 없이 마침표를 찍는 계기도 만
난다. 삶과 마음이 비사치는 말들은 언제나 나와 함께 있다.
그 말을 경청할 것인가 지나칠 것인가는 자신에게 달려
있다.

사람들이 왜 아름다운 것 앞에서 소원을 비는지 알 것
같다. 별똥별이나 무지개를 볼 때, 타오르는 불꽃 앞에서, 우
리는 자신도 모르게 간절해지고 행복해진다. 아름다움은 삶
이 주는 평범한 기적이기 때문이 아닐까. 아름다움은 자연
이 고된 삶을 살아가는 인간에게 선사하는 비나리*다. 자신
이 무력하게 느껴질 때 거기에 기대 잠
시 쉬어보는 건 도피가 아니다.

그렇다면 신호를 만나는 일을 꼭
우연적 사건에 기댈 필요도 없을 것이

> *
> 몡 앞길의 행복을 비는 말. 원래는 마당
> 굿에서 곡식과 돈을 상 위에 받아놓고 외
> 는 고사문이나 그것을 외는 사람을 가리
> 키는 말이었는데, 사람들의 행복을 비는
> 말로도 쓰이게 되었다.

다. 햇볕이 드러내는 나뭇잎의 저마다 다른 초록빛이라든
지, 흐르는 구름의 희미한 경계선이 바뀌어가는 모습을 오
래도록 바라보는 일. 멈춰 서서 아름다움을 찾아보는 일은
문제를 넘어서기 위해 집중하는 것 이상의 의미가 있다. 삶
의 관성에 머물던 우리는 스스로가 만든 틀 안에서 빠져나
와 자신을 본다. 그럴 때 지루하고 지질하던 생활의 장르가
잠시 판타지가 된다고 느낀다면 과한 표현일까.

3부

관계를

돌아보게 하는

낱말

가까운 사람을

견디기 어려운

순간

19

아버지는 어릴 때부터 후각장애를 갖고 계셨다. 감기였는지 축농증이었는지, 제때 병원에 못 가 냄새를 맡지 못하게 되었다고 한다. 나는 그 사실을 자주 잊어버려서 "이거 냄새가 좀 이상하지 않아요?" "냄새 너무 좋다. 그죠?"라고 눈치 없이 묻곤 했다.

하지만 아버지가 먼 지역에 혼자 살게 된 후로는 나도 그 사실을 잊지 않게 되었다. 찾아갈 때마다 아버지의 거처와 차에서 묵은 냄새가 났기 때문이다. 냄새를 맡지 못하니 '괜찮겠지' 하며 쌓아두거나 다시 쓴 물건이 많았을 것이고, 옆에서 지적해줄 사람도 없었다. 우리 아버지가 어디 가서 냄새나는 사람이 되는 게 싫어서 문제의 물건을 알려드리면 아버지는 무척 민망해하셨다. 냄새를 맡지 못하는 게 아버지의 치부였는지도 모른다.

냄새는 아버지의 옆자리가 비어 있음을 말해주었다. 나에게는 마치 아버지의 마음속 빈방에서 나는 냄새인 것만 같았다. 부모님은 그 시절 많이들 그랬듯 선 한 번 보고 연애 없는 결혼을 했다. 두 사람은 상극이었고, 이런저런 사건이 있은 뒤 내가 열네 살이 되었을 때 헤어졌다.

하지만 다툼과 비난은 그 후로도 이어졌다. 늘 생각했다. 뭐가 두 사람을 저렇게 만든 것일까. 거기에는 스스로 제

어할 수 없는 어떤 힘이 작용하는 듯했다. 나는 어느새 관계에 대해 섣부른 믿음을 갖고 있었다. 이를테면 사람 사이의 '상성'은 노력으로 극복될 수 없다는 것. 사람은 절대로 변하지 않는다는 것.

겁이 났다. 나는 어떻게 살게 될까? 내 안에도 건강하지 않은 면들이 넘치는데, 그걸 무한정 받아줄 사람을 만날 확률은 얼마나 될까? 혹시 나도 상처에 상처를 덧입히며 살아야 하는 건 아닐까. 마음 습관을 관계 속에서 고쳐나가는 건 긴긴 고문 같아 보였다.

아버지에 얽힌 기억 때문인지, 나는 '자릿내'˙라는 낱말에서 사람 사이의 갈등을 떠올린다. 관계에서도 자릿내를 맡게 되는 때가 온다. 살아오며 쌓인 감정이 제때 빨아내지 않은 빨랫감처럼 쌓여 있을 때, 밖으로 풀어내지 못한 분노와 원망, 제대로 위안받지 못한 외로움, 직면하지 않고 쌓아둔 상처 등 다 풀지 못한 마음의 숙제가 어느새 관계의 숙제가 되고 만다.

˙
명 오래도록 빨지 않은 빨랫감에서 나는 쉰 듯한 냄새. 이 말은 물건이 아닌 이념이나 현상에 대해서도 쓸 수 있다. 제때 청산되어야 할 것이 오래 남아 부정적인 영향을 미칠 때, 그 영향을 은유적으로 이르는 것이다. 《좋은 문장을 쓰기 위한 우리말 풀이사전》(154쪽)에서는 이러한 예로 '우리 사회의 밑바닥에 엉겨 붙은 일제시대의 찌꺼기'나 '아직도 청산되지 못한 군사독재의 잔재'를 들고 있다.

한 사람과 3년 반을 만났다. 관계에 자신이 없던 나와 달리 그는 아주 건강한 마음을 가진 것처럼 보였다. 그래서

나는 마음의 벽을 허물 수 있었고, 그는 내가 단점이라 여겨 온 부분까지 사랑해주었다. 처음 느껴본 완전한 안락이었다.

하지만 그 애의 결핍은 나 못지않았다. 우리는 사소한 일에도 쉽게 마음이 상해 한 달에도 몇 번씩 큰 파도를 넘었다. 그럴 때 그는 가시투성이였고, 나는 찔렸을 때 남보다 아파했다. 갈등을 덮기 위해 내가 참은 감정은 훗날 튀어나와 그를 공격했다. 도무지 답을 찾을 수 없어 보일 때가 많았다.

다시 붙일 수 없을 것처럼 관계가 부서질 때마다 나는 예전에 그 애가 들려준 얘기를 떠올렸다. 그 애는 어느 날 친구에게 이렇게 물었다고 했다.

내가 이 관계를 오랫동안 지킬 수 있을까?

지키긴 뭘 지켜. 관계는 누리는 거지.

돌아온 말이 마음을 크게 흔들었다고 했다.

나 역시 관계는 흠집이 나지 않게 지켜야 하는 것으로 여겼다. 어떤 관계든지 훼손되고 나면 되돌리기 어렵고, 긴 시간 훼손되지 않기란 불가능하니 길어지면 모두 망가지는 거라고 생각했다.

천천히 알게 되었다. 관계는 그런 게 아니었다. 훼손된 흔적을 지워야만 건강하게 지속되는 게 아니라, 시간 위에 함께 남기는 흔적 그 자체였다. 가시밭길 위에서 같은 경로

만 맴돌더라도 그 시간이 쌓여 더 큰 연민과 사랑이 되기도 했다. 서로를 적으로 여기며 전쟁처럼 다퉜어도 그런 고난을 함께 헤쳐온 사람 역시 상대방이었다.

　관계 안에서 완벽할 수 있는 사람은 없다. 정답도 없다. 그러니 말끔했던 처음과 같이 되돌리려 애쓸 필요가 없다. 답이 하나 있다면, 앞으로 더 나은 시간을 함께 보내고 싶다는 진심으로 매번 새로워지는 것이 아닐까. 마음만큼 잘되지는 않을 것이다. 하지만 관계의 가치를 믿는다면 관계는 지속된다. 소모되는 감정보다 작은 변화에 집중한다면, 관계는 변할 수 있다.

　이 사람이라면 내 부족함을 전부 받아줄 거라 기대하게 될 때가 있다. 모든 성격은 동전의 양면인데도 우리는 한 면만 보고 그게 나를 구원할 거라 믿는다. 시간이 지나면 상대가 세상을 보는 틀도, 행동 습관도, 결핍도 그대로 드러난다. 생각지도 못했던 뒷면에 실망하고, 때로는 배신감마저 느낀다. 그리고 갈등을 반복하며 스미듯이 알게 된다. 처음에 나를 구원했던 앞면은 나를 지옥으로 밀어 넣은 뒷면이 있기에 존재했다는 걸. 둘은 절대로 나눌 수 없고, 양면으로 이루어진 상대방은 불완전하면서도 그 자체로 완전한 보통의 인간임을. 나 자신처럼 말이다.

오래 같이 살며 매일 본다고 해서 그 사람이 내가 될 수는 없다. 내가 느끼고 생각하는 것들이 타당하게 느껴져도 상대에게 똑같이 생각하고 느끼도록 만들 수 없다. 남이기에 집착할 필요가 없고, 남이기에 나를 이해하고 받아주는 부분들이 고마운 일이다.

관계는 고마움이 당연함을 이길 때 지속된다. 고마움에는 새로움을 발견하게 하는 힘이 있다. 헤어져 있는 동안 나는 놀라운 사실을 알게 됐다. 내가 진짜 그에게 바라는 것이 내 옆에 존재해주는 것 말고는 없었다는 거다.

치료가 필요할 정도의 정신적 고비를 넘기기도 했지만 나는 이 관계를 포기하지 못했다. 각자 성장한 부분이 내게는 보였다. 점차 누구의 숙제인지 따지는 일이 의미 없음을 깨달았다. 드러나는 모든 문제를 '우리'의 숙제로 받아들이는 게 중요했다. 풀어가는 과정을 같은 편에서 함께하겠다는 뜻을 전하는 것. 튀어나온 부분으로 서로 찌르고 모자란 부분 때문에 서로를 갈망하던 사람들도 방향을 조금 비틀면 맞물려갈 수 있지 않을까. 지금의 나는 그렇게 믿는다.

묵은 빨래를 한 번에 깨끗이 빨아 햇볕에 널 수 있다면 얼마나 좋을까. 마음이 뒤척일 때도 바삭한 햇볕 냄새와 새 물내*만을 상대에게 안길 수 있다면. 그러나 그럴 수는 없을

명 빨래하여 이제 막 입은 옷
에서 나는 냄새.

것이다. 처음 알아갈 때는 서로의 그윽한 향
수 냄새에 끌렸다. 지금은 더 많은 냄새로 서
로를 기억한다. 곤히 자고 난 아침이면 방 안을 떠도는 타분
한 숨 냄새, 매일 씻어도 살갗에서 풍기는 살냄새, 제때 내놓
지 않은 음식물쓰레기의 냄새를 같이 맡는다. 그게 의식 저
밑에 남아 서로를 붙드는 생활의 향, 시간의 향이라는 걸 배
워간다.

관계의

거리를

깨닫는 순간

('바람만바람만') 따라 걷다
('맞은바라기') 에서 보는 얼굴

20

대학 시절 1년짜리 교환 유학을 떠나던 날, 인천공항행 버스가 출발하던 순간이 선명히 기억난다. 새벽에 정류장으로 따라나온 아버지가 덤덤히 나를 버스에 올려 보내셨다. 나는 창문 너머로 웃으며 양손을 흔들었다. 스물둘의 나에게 첫 타지 생활은 희망차기만 했다.

그런데 아버지는 눈이 벌게지더니 눈가를 훔치기 시작했다. 나는 당황했다. 왜 우시지? 울 일이 아닌데…. 아버지의 눈물을 처음 보아서 놀랐지만, 별스럽지 않게 여겼다. 부모님 마음은 역시 아직 이해할 수 없구나. 금방 돌아올 텐데 우시다니. 차가 움직이고 아버지가 아주 작아질 때까지 아버지의 몸은 내 쪽을 향해 있었다.

졸업 후 나는 되도록 외국으로 파견되는 일자리를 구하려 애썼다. 계약 기간이 끝나면 본가로 돌아와 몇 년을 지내다가 다시 떠났다. 정작 외국에 나가면 쉽지 않은 일상에 지쳐 귀국할 날을 손꼽아 기다렸지만, 한국에 돌아오면 또 떠나고 싶어졌다.

지금 생각하면 미련 없이 집을 떠날 수 있었던 건 집이 언제나 거기 있어서였다. 나에겐 원할 때 돌아갈 곳이 있었다. 집은 내가 그렇게 떠나고 싶어 했던 곳이면서도 내 베이스캠프였던 것이다.

몸이 더 이상 타지 생활을 버티지 못하게 됐을 때, 다행히 더는 방랑에 목이 타지 않았다. 하지만 집에서 지내지 못할 다른 이유가 생겼다. 엄마가 지나치게 세세한 부분까지 확인하고 개입할 때마다, 그리고 내가 미워하는 내 일부를 엄마의 모습에서 발견할 때마다 화가 나서 견딜 수 없었다. 화를 낸 뒤엔 어김없이 찐득한 죄책감이 가슴에 들러붙었다.

본가에 돌아와 지낸 지 반년 만에 다시 다른 지역에 직장을 구해 집을 나갔다. 두 달에 한 번 본가로 가 얼굴을 비추면서도 보기만 하면 불같이 화를 내고 말았다. 이번에 만나면 웃는 모습만 보여드려야지, 매번 다짐했지만 돌아오는 길에는 늘 마음이 쓰렸다. 그러니 직장을 그만두고서도 본가로 들어가는 건 쉬운 일이 아니었다. 엄마는 같이 살겠다는 내 말에 내가 쓰던 방에 새 침대와 옷장까지 들였지만 나는 결국 살던 지역에서 또 방을 얻었다.

살면서 가장 오래 지켜본 한 여자의 인생에 대해서 많은 딸이 비슷한 느낌을 가지고 있을 것이다. 애처롭고 불쌍한 우리 엄마. 사랑도 못 받고 고생만 하다 머리가 센 사람. 특히 홀로 자식들을 건사했던 엄마를 둔 사람이라면 그런 마음을 갖지 않기가 어려울 것이다.

하지만 엄마의 마음속 빈자리를 메워주는 것은 때로 어쩔 수 없이 감정노동으로 느껴졌다. 오래 반복해온 만큼 나는 많이 지쳐 있었다. 뒤늦게 깨달았다. 나도 어려서부터 내 잘못이 아닌 사건들로 삶에 영향을 받고 그 짐을 나누어 져야 했던 사람이라는 걸.

엄마의 건강이 나빠지고 나서는 혼자 계시게 두는 게 더 맘에 걸렸지만 그때마다 주문처럼 생각했다. '어쩌겠어. 살기 위한 거리야.' 장성한 자식과 부모는 맞은바라기*에서 서로를 보는 것이 적당한 거리라 여겼다.

> *[명] 앞으로 마주 바라다 보이는 곳. 맞은편보다 더 먼 맞은편.

그런데 코로나가 유행하면서 좋든 싫든 맞은바라기에서 바라볼 수밖에 없는 상황이 되었다.

시국이 불안하니 이번 추석에 오지 말고 편안히 쉬렴. 영상통화나 하자.

이미 몇 달 동안 엄마가 극구 말려서 버스표를 예매했다 취소하길 반복하고 있었다. 진짜 '어쩔 수 없는 일'은 따로 있구나. 그때 어렴풋이 느꼈다.

아버지 거처에 찾아가 산행을 한 날을 기억한다. 아직 닦이지 않은 돌길을 함께 걸었다. 나는 덥고 다리가 아파서 타발타발 걷는데, 아버지는 저만치 앞서 있었다. 둥글게 굽은 산허리라 뒷모습이 보이다 안 보이다 했다. 바람만바람

만* 뒤따라가는 내내 전에 없던 막막함에 걸음이 더 무거웠
다. 힘든 그 길이 언제 끝나는지 몰라서가 아
니었다. 보이다 안 보이다 하는 아버지의 모
습이 그대로 사라질 것 같았다.

*
[부] 바라보일 만한 정도로 뒤
에 멀리 떨어져 따라가는 모양.

남은 삶에서 우리가 함께하는 날들을 셀 수 있다면 세
어보고 싶다. 먼 산꼭대기에서 깜빡이는 불빛처럼 느리면서
도 쉼 없이 그날들이 지나간다. 공항리무진을 타고 멀어지
던 나를 볼 때 아버지는 느끼고 있었을 것이다. 이제 매일 함
께하던 시간이 다시 오기 어렵다는 것. 그리고 그 거리는 내
가 떠나며 살기로 마음먹었거나 두 분이 헤어져서 생긴 게
아니라 처음부터 정해져 있던 부모와 자식의 거리라는 걸.

돌아보면 중요한 순간마다 아버지는 그 자리에 있었다.
고등학교 시화전에 찾아와 몰래 장미 한 송이를 붙이고 갔
을 때도, 대학교 축제 때 내 공연을 멀찌감치서 보다 가셨을
때도 그랬다. 점차 멀어지는 거리를 반짝이는 시간으로 메
우려고 애쓰신 건 아니었을까.

엄마에게 오지 말라는 연락을 받은 날, 밤늦게 휴대폰
을 확인했다. 대화창에 사진 한 장이 떠 있었다. 활짝 웃고
있는 엄마의 셀카. 최대한 밝게 웃자고 마음먹고 찍은 듯 잇
몸 만개한 웃음이었다. 평소 카메라를 들이대면 진저리를

치는 분이 맥락 없이 그런 사진을 보내오니 웃음이 나왔다.

엄니 왜 갑자기? 보고 싶을까 봐?

ㅎㅎ생머리 하고 싶어서… 딸이 보고 싶어 하기도 할 것 같고… 보여주고 싶어서….

사진을 다시 보니 전에는 파마머리였던 게 직모로 바뀌어 있었다. 하지만 사진을 정말 잘 들여다본 것은 며칠이 지나서였다. 메시지 목록을 쭉 내려보다가 문득 뭔가 잊고 있다는 생각이 들었다. 엄마의 대화창을 열었다. 왜 제대로 볼 생각을 하지 않았을까. 파안대소하는 노년의 여자를 자세히 뜯어보았다. 아, 나도 내 사진을 보내야지. 그제야 사진첩을 뒤졌다.

맞은바라기에서 당신은 나를 보고 있다. 나도 당신을 본다. 멀어지니 당신의 얼굴이 잘 보인다.

흐려지는

추억이

아쉬운 순간

('안갚음')은 할 수 없어서

('적바림')합니다

21

네댓 살 무렵 광에서 목욕을 하던 기억이 난다. 당시 판잣집에 살았는데, 집 바깥에 작은 공장처럼 생긴—그때 느낌으로는 넓디넓은—광이 있었다. 광 안은 휑하고 조금 어두웠다. 기다리고 있으면 엄마가 물을 데워 와 내가 앉은 고무대야에 부었다. 그게 나의 첫 기억이다. 하얀 습기, 벌어진 광문틈으로 스미던 빛과 한기. 바람이 들 때 오스스 추워지고 목욕물은 더 따뜻하게 느껴지던 것.

　　예닐곱 살 때는 엄마와 동네 목욕탕에 자주 다녔다. 좁은 골목에 들어설 때 보이는 입간판의 글자를 여러 번 새겨 읽었다. 미도목욕탕. 나는 씻고 있는 엄마 곁에서 물에 샴푸나 린스를 풀며 놀았다. 특히 좋아한 것은 '가루'다. 흔들면 사각사각 소리가 나는 병에는 하늘색 과립이 들어 있었다. 아마 입욕제나 몸에 쓰는 가루비누였을 것이다.

　　작은 대야에 따뜻한 물을 담고 병을 톡톡 치면 가늘고 긴 과립이 천천히 떨어져 잠겼다. 물속에 손을 넣고 휘휘 젓던 순간이 지금도 생생하다. 곧 굉장한 일이 일어났기 때문이다. 물이 우유처럼 뽀얘지면서 독특한 냄새가 퍼졌다. 냄새는 깨끗하고 상냥했다. 엄마 베개에서 나는 냄새와 닮아 여리면서도 아늑했다. 엄마는 늘 내 곁에 있었지만 어린 나에게 미지의 존재였다. 그런 엄마의 냄새를 두 손에서 만들어낼 수 있는 나 자신이 대견했다.

　가루를 다 녹이고 나면 진지하게 두 번째 작업에 들어갔다. 샴푸나 린스 중 하나를 골라 조금 짜 넣고, 다시 한 손으로 휘휘 저었다. 이번엔 또 다른 냄새가 퍼졌다. 물색은 탁해져 안에 뭐가 들었는지 볼 수 없었는데, 이쯤 되면 재미가 덜했다. 더 넣을 게 없어졌으니 넣은 것들이 고루고루 섞였는지 자꾸만 손가락으로 걸러보았다. 나는 나도 아직 그 정체를 모르는 아주 특별한 것을 만들고 있었고, 그러니 위대한 존재임에 틀림없었다.

　고등학교 때는 엄마와 찜질방이 있는 큰 목욕탕에 함께 다녔다. 그땐 너무 피곤해서, 주말에 목욕탕에 끌려가면 며칠 된 부추무침처럼 흐느적거리기만 했다. 보다 못한 엄마는 내 등짝을 철썩 때리며 소리를 지르곤 했다. 부지런히 밀어야 나가지! 내 몸을 미는 건 설렁설렁했지만 엄마 등을 밀 때는 어질어질한 와중에도 힘을 짜내야 했다. 목욕탕에 간다고 하는 순간부터 귀찮아 죽겠다는 생각이 들었다. 어릴 적 가루병을 찾아 들고 와서 플라스틱 바구니에 넣으며 설레던 일은 떠오르지 않았다.

　깔끔한 걸 좋아하는 엄마는 지금도 목욕을 자주 한다. 두 달에 한 번 본가에 가면 욕실에서 싹싹싹 때 미는 소리를

듣는다. 종종 중간에 화장실 문이 열린다. 등만 좀 밀어줄
래? 말하는 목소리에 미안함이 가득하다. 그 미안함이 나를
미안하게 하는 게 싫지만 군소리 없이 등을 민다. 미는 김에
어깨나 옆구리께라도 더 밀라치면, 엄마는 손이 닿는 데는
혼자 할 수 있다며 등 위쪽만 해달라는 말을 되풀이한다. 내
가 없을 때는 항상 혼자 하잖아요, 그러니까…. 그렇게 엄마
의 말을 물리치게 된 지는 얼마 되지 않았다. 언제나 내 귀찮
음과 맞아떨어지는 엄마의 배려를 내심 반겼기 때문이다.

　　독립을 하고, 함께 목욕을 다니지 않게 되고부터 문득
문득 어릴 적 맡던 뽀얀 가루 냄새가 떠오른다. 그리고 머릿
속에 맴도는 그 향기가 궁금해진다. 그것과 꼭 같은 향을 맡
게 된다면 나는 그 냄새란 걸 알아챌 수 있을까? 그럼 눈앞
에 좀 더 잘 그려낼 수 있을까? 젊은 엄마가 목욕값을 치르
던 미도목욕탕 입구의 붉은 타일 같은 것. 목욕탕이 있던 좁
은 골목도, 그 골목으로 가는 길도. 좀 더 뚜렷하게 떠올리고
싶다.

　　그래도 내 곁에서 씻고 있는 엄마와 세상에서 제일 재
미있는 놀이에 빠져 있는 내 모습이 아직 기억에 살아 있어
서 다행스럽다. 이어서 떠오르는 편안하고 따뜻한 습기, 기
분 좋은 안정감도. 아마 엄마의 등을 밀 수 있는 지금의 기억

도 시간이 흐르면 그 안에 포함되겠지.

'안갚음'*이라는 말을 처음 봤을 때 반가웠다. '자식은 부모의 은혜를 안 갚는 게 곧 갚는 것이라는 뜻이 들어 있나 봐!'라는 말도 안 되는 생각이 들어서. 그러나 여기서

몡 1. 까마귀 새끼가 자라서 늙은 어미에게 먹이를 물어다 주는 일. 2. 자식이 커서 부모를 봉양하는 일.

'안'은 '가슴속'이나 '마음속'을 뜻한다. 받은 마음을 갚는다는 얘기다. 부모가 자식의 '안갚음'을 받는 것은 '안받음'이라 한다.

효도라는 말은 거대해서 이번 생에는 따라잡을 수 없는 일만 같다. 과연 내가 부모를 봉양한다는 의미로의 안갚음을 할 수 있을까. 하지만 '안'의 뜻을 생각한다면 내가 받은 마음은 조금이나마 돌려드리고 있는지 모른다. 안쓰러움, 연민과 애정, 받은 것을 조금도 갚지 못하는 미안함도 그 '안'에 포함된다면 말이다. '앙갚음'을 하고 있는 게 아니라는 보장도 없지만.

어떤 어머니들은 살아온 개인사를 구술해서 책으로 엮기도 한다는데, 엄마는 지난 이야기를 통 자세히 하는 일이 없다. 내가 옛날 일을 물으면, 글쎄… 그러게… 나는 왜 어렸을 때 일이 하나도 기억 안 나지? 할 뿐이다. 그 말을 하는 엄마는 조금도 슬퍼 보이지 않지만 공중으로 흩어져버린 엄

마의 기억이 나는 아쉽다.

엄마에게 옛날 기억을 물은 날, 나는 블로그에 그날의
일을 적바림*했다. 그날 엄마는 예전에 배
운 일본어 인사말을 혼자 더듬어보았고, 나

는 "곰방와 곤니'띠'와 아리가또고자이마스"라고 해맑게 읊
는 엄마가 귀여워서 웃었다. 엄마는 동요 〈산토끼〉를 발랄
하게 부르다가 가사가 생각이 안 난다며 어린애처럼 고심했
다. 생태공원의 흙길을 같이 걸었고, 인생에서 제일 좋았던
순간을 묻자 오빠와 내가 태어났을 때, 그리고 우리가 어릴
적 아빠가 승진했을 때라고 대답했다.

한때 나는 기억을 저장하는 기계를 자주 상상했었는데,
그런 기계를 써볼 날이 언제 올지는 모르겠다. 대신 비눗물
처럼 부연 기억 속에 손을 담가 글을 써야겠다. 글을 쓰며 건
져 올리는 기억들은 한층 맑고 투명할 것이다.

어른이 된 나는 흔한 물건들을 만지면서도 대단한 일을
하고 있다고 믿던 어린 시절처럼 나 자신을 특별하게 느끼
지 않는다. 하지만 여전히 '나도 아직 그 정체를 모르는 아주
특별한 것'을 만들고 있다고 생각한다. 그건 엄마와의 시간
을 기본 재료로 삼아 만들어나가는 내 삶이다.

가짜 관심을

직시하는

순간

('팔팔결') 다른

('숨탄것') 들을 곁에 두려면

22

장마철의 어느 날, 맥주를 한 캔 사서 아파트 벤치에 앉았다. 휴대폰을 보며 벤치 위에 올려둔 캔을 잡는데 손에 물컹한 감각이 느껴졌다. 화들짝 놀라 맥주를 엎질렀다. 캔을 들고 가로등 빛에 비춰보니 민달팽이가 붙어 있었다. 제 딴에는 부지런히 더듬이를 놀리며 몸을 옮기는데, 느렸다. 그게 묘하게 귀여웠다. 하루라도 더 같이 있다 놓아줘야지. 민달팽이가 붙은 캔을 들고 집으로 갔다.

엄마가 병이 옮을 수 있으니 밖에 놓아주라면서 기겁을 했지만 나는 듣는 둥 마는 둥 하며 냉장고에서 상추를 꺼냈다. 반찬통에 젖은 상추를 깔고 '민달이'가 옮겨가게 했다.

진짜 귀엽네. 이대로 키워볼까?

침대 옆에 반찬통을 올려놓고 잠을 청했다. 혹시 탈출할까 봐 뚜껑을 덮고 아주 조금 열어두었다. 숨 쉴 구멍을 남겨두기 위해서였다.

아침에 눈을 뜨자마자 반찬통을 확인했다. 민달이가 안 보였다. 안 돼… 안 되는데…. 상추를 샅샅이 훑어봤지만 없었다. 얼마 못 가 몸이 말라버렸을 것이었다. 몸을 보호할 껍데기도 없는 촉촉하고 여린 생물이 말라가는 것은 상상만 해도 괴로웠다. 뒤늦게 검색을 하고서야 알았다. 민달팽이는 랩에 숨구멍 하나만 뚫어놔도 빠져나가는 탈출의 명수라는 걸. 뚜껑을 열어둬도 될까 망설이면서 정확히 알아보지 않은 게 화근이었다.

한참 뒤져도 찾지 못해 포기하려는데, 어디서 조그맣고 까만 것이 툭 떨어졌다. 색도 크기도 모양도 못 알아볼 만큼 다른 민달이. 그리됐으리라 예상은 했지만 눈으로 확인하니 충격이었다. 같이 있었던 시간이 길어야 슬픈 건 아니었다. 나만 아니었으면 더 오래 잘 살았을 숨탄것*을 단순한 흥미로 죽게 한 게 미안해서 눈물이 났다.

생명을 대할 때 가짜 관심은 어떻게든 티가 난다. 재작년에는 다섯 종의 식물, 그러니까 그해 키운 모든 식물을 떠나보냈는데, 그중 셋은 키우는 방법

> * 명 숨을 받은 것이라는 뜻으로, 여러 가지 동물을 통틀어 이르는 말. '-탄-'은 선천적으로 어떤 성질을 지니고 태어났다는 뜻이니 '숨을 타고난 것'이라는 말이다. 가축, 야생 짐승, 곤충, 넓은 뜻으로는 생명을 가진 모든 것을 소중히 여기는 마음이 담겨 있다.

과 정확히 반대로 키웠다. 강한 햇볕을 피해야 하는 그레이스캄파는 창가에 두었고, 과습만 아니면 잘 죽지 않는다는 괴마옥에는 듬뿍 물을 줬다. 스칸디아모스는 공중의 습기를 흡수하며 살아서 아무것도 안 해줘도 되는 식물인데 나는 그게 거기 있는 것도 잊고 실수로 촛농을 들이부어 숨구멍을 막고 말았다.

우습지만 그렇게 무관심했으면서도 떠나보낸 뒤에는 마음이 아프고 후회스럽다. 그럴 때 새삼 생각한다. 나는 존

재의 가치를 머리로도 알고 마음으로도 알지만, 몸으로 알 때에야 정말로 안다고 할 수 있지 않을까. 특히 그 존재가 내 곁에 오래 있어주길 바란다면, 어떤 상황에 취약하고 무엇을 필요로 하는지 계속 관심을 기울이고 행동으로 표현해야 한다.

사람들에게도 내 방식으로만 잘해주려 할 때가 많았다. 그렇지 않았다면 연애가 조금은 평탄했을 거라고 생각한다. 나도 모르게 고집하는 배려가 상대에게는 부담과 불편이 되곤 했고, 상대의 아픈 곳을 알지 못하고 뱉은 농담이 관계를 무너뜨리기도 했다.

실감을 유지하며 살기 쉽지 않은 게 사실. 사람은 저마다 팔팔결* 다르다. 상대방의 세계는 내가 상상할 수 있는 영역의 바깥에 있다. 세상을 인지하는 감각부터 다르게 쌓아왔을 테니 말하자면 원자부터

*
圐 다른 정도가 엄청남.
児 엄청나게 다른 모양.

다른 요소로 구성된 우주다. 하지만 이해하기를 포기한다면 교신조차 불가능해진다.

소중한 이들을 여러 번 떠나보낸 뒤, 냉정하게 돌아보게 됐다. 한정된 삶을 함께 나누고 싶은 만큼 상대라는 존재에 관심을 갖고 있는지. 내 삶에 들어온 대상으로 소비하는 게 아니라 전혀 다른 세계로서 상대를 바라보며 고민하는

지. 넌 나에게 제일 소중한 존재야, 라는 말을 뒷받침할 수 있는 배려와 행동이 있는지. 없으면 못 살 것이라 여기면서도 그의 생육 조건에서 벗어난 환경을 제공하고 있는 건 아닌지.

　　수많은 후회를 지나 모서리가 닳은 마음은 이제야 사랑이라는 험한 길을 제법 구른다. 사랑은 궁금해하기를 멈추지 않는 것. 누구를 향한 사랑이든 본질은 같지 않을까. 그리고 함정 역시 같다. 안다고 믿는 순간부터 못 보는 것들이 많아지는 것. 가까이 있다고 생각하는 순간부터 멀어지기 쉬운 것.

사회적 가면이

무거운

순간

('언죽번죽') 해 보여도
('이불활개') 에만 익숙한 우리라서

23

당당한 성격을 동경했다. 소심한 성격을 버리고 거쿨지게* 살아보고 싶었다. 그런 사람 옆에 있으면 마치 그 영향으로 나도 다른 삶을 살 수 있을 것

> * 형 몸집이 크고 말이나 하는 짓이 씩씩하다.

만 같았다. 하지만 사회생활을 하면서 뼛속까지 배어버린 낮은 자존감과 눈치놀음은 도무지 끊어지지 않았다. 지금이야 내 그런 특성이 ADHD와 남다른 성적 지향의 영향을 많이 받았다는 걸 알지만, 뭐라 답을 내릴 수 없던 시간 동안 나는 작은 내 모습 때문에 더욱더 작아졌다.

　그래서 당당한 척하는 방법을 익혔다. 강단에서 쾌활한 모습을 연기했다. 다행히 기술이 늘면서 언죽번죽** 학생들의 농담을 받아쳤고, 실수를 했을 때 능청을 떨며 모면할 수도 있었다. 하지만 원래의 성향과 먼 모습을 꾸며내는 만큼 심력이 크게

> ** 부 조금도 부끄러워하는 기색이 없고 비위가 좋아 뻔뻔한 모양.

쓰였다. 괴리감은 소화되지 않는 밀가루 음식처럼 명치에 얹혀 있었다.

　내 불안은 진짜 모습으로 사랑받지 못할 거라는 믿음 위에 뿌리내리고 있었다. 대학에서 처음 선배가 되었을 때는 후배들에게서 말 그대로 도망 다녔다. 나를 좋아해주는 게 기쁘긴 했지만 두려움이 더 컸다. 쟤들이 좋아하는 건 진짜 내가 아닌데. 본모습을 보게 되면 실망할 텐데. 나에겐 틈

튼한 가면이 필요했다.

　　사회적인 나와 개인적인 나 사이의 괴리감이 불편해질 때마다 떠오르는 사람이 있다. 교환 유학 시절 친했던 향 언니. 언니는 내가 배정된 학과의 대학원 연구생이었다. 겉으로 볼 때 그는 모든 면에서 완벽했다. 상냥하고, 지적이고, 세련되고, 겸손하고, 성실했다. 그런 언니가 나와 단둘이 있을 때는 완전히 풀어졌다. 마치 "아이 씨, 답답해 죽는 줄 알았네!" 하면서 날개옷을 벗어 던지고 큰대자로 드러눕는 선녀 같았다.

　　타고나길 완벽해 보이는 그의 본모습은 구멍투성이였다. 언니는 이미 깡말랐는데도 계속 살을 빼야 한다고 믿었다. 그러면서 달콤한 백화점 디저트를 끊지 못해 스트레스를 받았다. 벽장을 열면 옷 무더기가 산사태를 일으켰지만 계속 새 옷을 샀다. 고상하기 그지없는 말투는 내 앞에서 구수한 주접으로 바뀌었다. 알 수 없는 지점에서 눈물을 흘렸고, 외로움을 탔다.

　　하루는 언니와 같이 식당에 갔다가 언니네 대학원 사람들과 마주쳤다. 사람들과 인사를 나누고 돌아와 내 앞에 앉은 그는 마치 중국 전통극의 변검술사 같았다. 경탄하는 눈으로 바라보자 언니가 언죽번죽 말했다.

난 사람들한테 보이는 나를 유지하기 힘들어서 아예 둘로 나눠버렸어. 보이는 나랑 안 보이는 나로. 깨끗이 나누면 편해!

스물둘이던 나보다 겨우 한 살 많은 언니가 그 정도까지 생각을 정리해두고 있는 게 신기했다. 언니는 향상심이 강했다. 사회적으로 성공하고 싶어 했고, 늘 사람들에게 좋은 모습을 보이려고 노력했다. 그건 어딘가에 속해야 한다는 강박 같은 게 아니었을까. 내가 언니와 모든 문화와 의식을 공유해온 사람처럼 이야기할 때, 언니는 이렇게 말하곤 했다.

바람아, 언니 중국인이야.

눈에는 고요한 당황스러움이 서려 있었다. 너한테 이걸 어떻게 설명해야 할까. 내가 서 있는 자리를, 겪어온 마음들을 어떻게 이해시킬까. 그렇게 말하는 것 같았다.

언니는 필요한 상황이 되면 어설프게 배운 중국어로 최대한 잘하는 척을 한다고 했다. 조선족이면서도 중국어를 잘 못하고, 한국어와 한국 문화에 훨씬 익숙하지만 한국인이 아니었으니 늘 경계선 위에 서 있는 기분이었을 것이다. 일본 생활을 택한 것도 차라리 확실한 이방인이 되는 게 편했기 때문이었는지 모른다.

누구에게도 약점을 보이지 않으려 애쓰던 향 언니가 내 앞에서 편해지기로 마음먹은 건 고마운 일이었다. 내 앞에서 이불활개*를 치는 그가 나는 무척 좋았다. 타인의 마음을 다 알 수는 없지만, 자신을 채찍질하며 살아왔을 향 언니는 아마도 ― 경쟁심이 없고 마음보다 머릿속이 더 순수하던 20대 초반의 ― 나를 만나 쉼을 얻었던 것 같다. 나에게 향 언니는 중국인도, 한국인도, 일본 유학생도 아닌 그냥 향 언니였다.

우리는 이불 속에서 킥도 하지만 마음껏 활개도 친다. 아무도 나를 해치거나 흉보지 않을 곳, 소박한 안전지대에서. 한결같이 당당하고 자유롭고 싶어도 두려움 속에 사는 것이 모든 숨탄것의 숙명일지니. 그래서 자신에게 안전지대가 되어주는 존재의 기억은 더 포근하게 남는 거 아닐까.

내가 귀국한 후로 우리는 자주 연락하지 않았다. 하지만 자연스러운 나로 있지 못해 괴로움에 몸부림칠 때면 버릇처럼 언니의 말을 떠올렸다. 나누면 편해! 그러면 내가 부적절한 사람이라는 생각이 사라지고, 더 괜찮은 사람으로 보이려 애쓰는 것도 자연스럽게 느껴졌다.

향 언니를 다시 만난 건 7년이 지나서다. 하얀 원피스에 챙이 넓은 모자를 멋들어지게 쓰고 다가오는 그를 멀리

서도 알아볼 수 있었다. 언니는 유명 기업에 입사해 일하고 있었다. 회사 사람들이 자신을 시기하고 흉본다고 했지만 힘들어 보이지는 않았다.

뭐라고 해도 내가 신경을 안 쓰니까 오만하다고들 하는데, 그래도 신경 안 써. 뭐랄까. 나마저 나를 낮춰버리면 세상에 내가 설 자리가 없는 것 같아.

나는 다시 놀랐다. 언니는 자아의 대통합을 이루었구나. 받아들여지지 못하는 걸 겁내지 않는구나. 언니는 7년 전보다 훨씬 단단해 보였다. 늘 경계선 위에서 자신의 자리를 찾아온 사람, 자신에게는 자신밖에 없다는 전제를 품고 산 사람이 갖게 되는 힘이었다.

그와는 다른 영역의 경계들이지만 경계선 위에 선 느낌은 나도 잘 안다. 어떤 가면을 골라 쓸지 재빨리 고르는 기술도, 나다움보다 적절함을 택하는 습관도 선 위에서 익혔다. 그런데 이제는 이런 상상을 해본다. 내 앞에 선 상대방도 남몰래 이불활개를 치고 있는 귀엽고 엉망인 사람이 아닐까.

언니를 다시 만나고 나서 많은 시간이 흐른 뒤 나도 비로소 체기 같은 괴리감에서 벗어났다. 좀 더 수수한 가면을 골라 쓰고, 일그러진 진짜 얼굴이 드러나도 고개 들어 보여주리라는 마음을 갖게 됐다. 동경하던 당당함과 결은 달라

도 내게 더 어울리는 당당함이라고나 할까. 적절하지 않아
도 괜찮고 이해받지 못해도 괜찮다. 세상에서 내가 설 자리
는 다른 곳이 아니라 내 마음 안이라는 걸 이젠 알기 때문
이다.

대화가

숙제 같은

순간

(`너울가지`) 는 없어도
(`말갈망`) 은 할 수 있으니

24

강사로 일하던 때, 한동안 겸업으로 공항에서 보안 인터뷰를 했었다. 출국 전에 줄을 선 승객들에게 "어디 가세요?" "가방에는 뭐가 들었어요?" 같은 질문을 하고 수상한 점이 없는지 확인하는 일이었다. 기초 회화 수준의 외국어 실력이었지만 여러 나라말로 이것저것 질문하는 게 은근히 뿌듯했다.

　　그러나 쉽기만 한 일은 없는 법이다. 가장 어려운 건 팀으로 일한다는 점이었다. 나는 같이 일하는 사람들과 어떤 잡담을 해야 할지 몰라 고장 난 태엽 장난감처럼 뚝딱거렸다. 다들 나와는 너무 다른 사람 같았다. 승객들에게 하듯 할 말이 정해져 있으면 좋으련만. 삼삼오오 모이는 쉬는 시간이면 사람들 틈에 머슬머슬하게* 앉아 있다 슬쩍 빠져나가 혼자 시간을 보냈다. 팀 배정이 날마다 달라지니 더 가시방석이었다.

*　[형] 탐탁스럽게 잘 어울리지 못하여 어색하다.

　　결국 서너 달 만에 일을 그만두고 대학 후배에게 넘두리를 했다.

　　사람들하고 있을 때 무슨 얘기를 해야 될지 모르겠어.

　　날씨 얘기를 해봐!

　　날씨 얘기라. 갑자기 세계 명작소설에 나오는 인물들의 대화만큼 멀게 느껴졌다. 같은 날씨 아래서 만나고 있는 사람한테 굳이 날씨 얘기를 해야 하나? 한편 다들 뻔한 얘기를 하면서 뻔하게 살아가는데 나는 왜 유독 그런 것들을 뻔하게 여길까 싶기도 했다.

사실 예전에는 나름대로 너울가지*가 좋은 편이라고 생각했었다. 처음 보는 사람과도 유들유들하게 대화를 나눌 수 있었고, 웬만해선 적을 만들지 않았다. 그런데 마음은 달랐다. 그 순간을 넘기기 위해 아무 말이나 하며 분위기를 맞추는 일이 피곤했고 만남조차 의미 없게 느껴질 때가 많았다. 남들이 하는 대로 대화하면서 속으로는 그게 수박의 겉만 핥는 일이라고 여겼다. 진실된 것, 삶의 의미, 마음 깊은 곳에 있는 자신의 본질 같은 것들을 얘기하고 또 듣고 싶었다. 그리고 그런 대화는 거의 찾아오지 않았다.

지금 생각하면 소소한 일상을 나누고픈 마음을 나도 똑같이 갖고 있었던 것 같다. 다만 일상적인 얘기 속에서 즐거움과 소속감을 느끼는 경험이 남보다 부족할 뿐이었다. 어릴 적 집 안에서는 부정적인 말들이 주로 오갔고, 학교와 사회에서는 남들과 다른 세계관과 욕구를 숨기는 게 공허해서 혼자가 편했다. 잠자리에 누워 언어 없이 영혼의 빛으로 소통하는 세상을 꿈꿨다. 오해와 상처가 없는 완벽한 세상.

*
명 남과 잘 사귀는 솜씨. 붙임성이나 포용성 따위를 이른다.

이런 내가 10년 넘게 강사로 살았으니 고장이 난 것도 이상하지 않다. 내 경우 많은 사람 앞에서 쉼 없이 말을 거는 일은 쉼 없이 오해받는 일이었다. 경험이 쌓이면 마음이 단단해질 줄 알았는데 다른 의미로 마음이 돌처럼 굳어갔다. 점차 내가 사람 속에 섞일 수 없는 사람이라고 믿게 됐다.

일을 그만둔 후로도 몇 년간 대화가 두려웠다. 두 명 이상이 내게 집중하면 숨이 제대로 쉬어지지 않고 머릿속이 새하얘지면서 말을 망쳤다. 매번 실수를 한 건 아닌지, 성공적인 대화였는지 아닌지 판단하다 보니 순간순간의 가치를 느끼기도 어려웠다.

하지만 조금씩 치유될 수 있었던 것 역시 대화를 통해서였다. 글을 쓰면서 나와 비슷한 사람들을 만났다. 내가 속에만 담아둔 얘기를 들어주고 공감하는 사람들이었다. 종종 용기를 내서 대면 만남을 시도했다. 여전히 아슬아슬한 느낌은 있었지만 마음이 통하는 만남이 뭔지 알 수 있었다. 잘 맞는 상담사 선생님을 만나면서 그간 억누른 생각과 느낌을 인정받는 경험도 쌓아갔다. 사람들과 연락하지 않고 있을 때도 내게 힘이 된 대화를 떠올리면 마음 한구석이 든든했다. 연결감이란 게 이런 거구나. 처음으로 생각했다.

삶을 지탱하는 건 사소한 것들이었다. 말하지 못한 것

까지 읽어내려 애쓰는 눈빛, 방금 들은 말을 곱씹어볼 때의 편안한 침묵, 실없는 농담으로 같이 웃어젖힐 때 갑자기 포근해지는 공기, 어딘가 이상한 표현에도 한결같이 고개를 끄덕여주는 관대함. 하루하루가 버거울 때는 그런 것들이 순간을 붙들어주었다. 바깥에 찬 바람이 몰아치지만 너는 안전하다고. 안전하지 않은 곳을 건너갈 힘이 너에게도 있다고 말해주었다.

마음을 채워주는 대화를 경험하면서 소통하는 일에 믿음이 생기니 그제야 와닿았다. 날씨 얘기로도 마음을 나눌 수 있는 이유. 감정을 나누는 방식은 직접적이지 않아도 좋았다. 깊이 터놓고 얘기하지 않아도 사소한 주제로 맞장구치며 불안하고 외로운 마음을 다독일 수 있는 게 사람들의 귀여운 면이니까.

상처가 많으면 상처받기 쉽고, 자신을 인정하기 어려우면 오해에 민감해진다. 하지만 사람과 이어지는 일은 상처와 오해를 동반하면서도 삶을 어느 쪽으로든 나아가게 하고, 그래서 결국은 다친 곳을 낫게 하는 길도 보여준다. 전하려던 의미가 미끄러지면 아프지만, 서로에 대해 모르던 부분을 알게 되기도 한다.

대화에 대한 기대를 낮추고 함께 보내는 시간에 감각을

활짝 열어두는 것. 대화를 잘한다는 건 그런 건지도 모른다. 사람들을 적이 아닌 이웃으로 여기고 모든 순간을 경험으로 생각할 수 있다면, 해도 그만 안 해도 그만인 사소한 이야기에도 생기가 실린다.

　지금은 '진짜 하고 싶은 말'에 대한 집착을 놓았다. 그리고 어눌하면 어눌한 대로, 힘이 없으면 없는 대로, 웃음이 어색하면 어색한 대로 둔다. 달변이 아니어도 좋고 너울가지가 없어도 괜찮다고 생각한다. 그렇게라도 참여하는 일이 상대에게는 충분히 의미 있을 수 있다.

　엄밀히 말해 의사소통은 오해와 같은 말이다. 우리는 각자 다른 세계에서 온 사람들이고, 타인이 전하려는 의미와 내가 받아들이는 의미가 완벽히 같을 수 없다. 내가 아닌 존재의 말은 모두 외국어인 셈이다. 다르게 이루어진 두 사람이 만나 불완전한 언어로 애써 나누고 싶은 게 있다는 것. 그 사실만으로 소통은 가치 있는 것이다.

　여기에 용기를 실어주는 기술도 하나 익혔다. 바로 말갈망.* 내가 한 말이 마음에 걸리면 뒤늦게라도 다시 설명하거나 사과한다. 누군가의 말에 마음을 다쳤을 때도 솔직하게 터놓아서 말갈망할 기회를 만들어준다.

* 몡 자기가 한 말의 뒷수습. '갈망'은 '어떤 일을 감당하여 수습하고 처리함'이라는 뜻이다. 비슷한 단어로 '갈무리'가 있다.

좀 뜬금없지만 아까 제 표현이 무례했던 것 같아요. 혹시 언짢으셨다면 죄송합니다.

그때 네가 한 말 말이야. 사실은 그 말 듣고 마음이 아팠어.

말도 주워 담을 수 있다. 적어도 주워 담으려는 노력을 보여줄 수는 있다. 솔직하게 말을 꺼내서 마음을 다치는 경우도 있지만 관계가 단단해지는 경우가 더 많았다. 상대방과의 인연을 진중하게 대하는 마음이 전해지기 때문일 것이다.

불완전한 나의 말들을 나는 이렇게 응원한다. 오해와 상처 없는 세상을 갈망(渴望)하지 말고 적극적으로 말갈망하기. 완벽한 대화를 하려 하기보다 이 순간을 느끼기. 다치고 다치게 하고 쓰다듬고 새살을 채우며 살아가기.

미움을

버리고 싶은

순간

('누그러운') 나를 위해 필요한

('내밀힘')

25

글을 쓰며 그간 마음속에 묵힌 것들을 끌어낼수록 나도 모르던 미움들이 흘러나온다. 맨 위의 바위를 들어내니 밑에 묻힌 것들도 보이나 보다. 나를 함부로 대한 직장 상사의 기억, 가족에 대한 애증, 누군가에게 내 명예, 그리고 몸과 마음에 대한 권리를 침해당한 여러 사건들. 이제라도 흘러나오는 게 좋은 일이겠거니 한다. 외면받고 숨어 있던 감정일 테니.

　　미움으로 마음이 뜨거워질 때 떠오르는 얼굴은 상대방이다. 하지만 정작 화살은 나를 향하곤 한다. 그때 왜 가만히 있었나, 왜 이렇게 말하지 못했나. 부당한 일을 당했더라도 자기주장을 충분히 했던 일은 곧 흘려보낼 수 있었지만, 자기표현을 제대로 못 한 일은 사소한 것도 마음에 오래 남았다. 미움의 중심에 있는 건 내게 힘이 없고 주도권이 없다는 느낌이었다.

　　평소에 내밀힘* 있는 사람으로 보였다면 표적이 되지 않았을 거라는 생각이 들었다. 강단이 있었다면 불쾌감

명 1. 밖이나 앞으로 밀고 나아가는 힘.
2. 자기의 의지나 주장을 굽힘 없이 자신 있게 내세우는 힘.

을 분명히 표했을 것이고, 최소한 상대방의 기분까지 맞추려 노력하지는 않았을 것이라는 생각들. 상대에 대한 분노는 때때로 강렬하게 올라와 밤잠을 설치게 했고, 자신에 대

한 분노는 은근하게 내면을 갉아먹었다.

　　누군가를 미워하는 마음은 정말 많은 에너지를 소모한다. 새로 올라온 미움이 전부터 웅크리고 있던 미움과 합쳐져 서로를 키우기도 한다. 그리고 이렇게 마음의 용량을 낭비하면 쉽게 티가 난다. 나는 내게 해를 입힌 사람 때문에 소중한 사람들을 아프게 했다. 평소라면 그냥 넘어갔을 일로 동거인과 다퉜고 자기주장은 곧 갈등이라고 믿게 만든 부모님을 원망했다. 모르는 사람들에게 상냥한 표정과 말투를 보내는 일도 줄었다. 그렇게 미움은 '당한 사람'의 자리에서 과거를 살게 한다.

　　아무것도 손에 잡히지 않는 나날 속에서 할 수 있는 건 책을 읽는 것이었다. 책에서는 사건을 애도하라고 했다. 미움에도 애도가 필요했다. 원치 않는 일로 고통을 겪은 사건을 충분히 아파하고 슬퍼해야 했다. 틈나는 대로 조용히 내가 겪은 일을 마주하며, 침해받고 좌절된 내 욕구를 바라보았다. 내 감정을 책임져야 하는 건 나였다. 생각을 묶어두고 치유를 회피하는 건 분명 나의 책임이었다.

　　때에 맞게 자기주장을 하는 내밀힘도 필요하지만, 마음에 쌓인 미움을 밖으로 밀어내는 내밀힘도 중요하다. 대신 서두르지 말고 조금씩 조금씩. 그래야 내 삶을 앞으로 밀고 나갈 수 있다. 손에 쥔 것을 놓아야 그 손으로 다른 일을 할 수 있다.

나는 표현하는 일에 주력하기 시작했다. 비슷한 일을 겪은 사람들에게, 내 얘기를 잘 들어주는 사람들에게, 미움을 먼저 극복한 사람들에게. 그 과정이 처음에는 기억하기 싫은 일을 각인시키는 듯했지만, 반복할수록 물로 마음을 헹궈내듯 감정이 엷어지게 해주었다.

누군가를 미워해본 다른 경험이 도움이 되기도 했다. 전에 어떤 사람과 길에서 부딪쳐 한바탕 심한 모욕을 당한 적이 있다. 그 사람에 대한 분함, 충분히 잘 대처하지 못한 자신에 대한 불만이 자다가도 올라오곤 했다. 그러다 생각한 것은, 그 길이 나 혼자 쓰는 길이 아니므로 그 길에서 생기는 나쁜 경험의 확률을 감당해야 한다는 것이다. 그 사람은 그냥 '확률'일 뿐이었다. 거꾸로 생각하면 그동안 길에서 나쁜 일이 없었던 게 큰 다행이었다.

이 생각을 모든 일에 적용해보기로 했다. 문을 열고 나서는 순간부터 공용의 세상이다. 몰염치한 사람, 내게 악의를 품는 사람들을 다 피하며 살 수는 없다. 그리고 모든 일은 상황들의 상호작용이기에 늘 완벽하게 대처할 수도 없다.

하나의 삶을 살아나간다는 건 확률을 온몸으로 받아내

는 일이다. 억울할 때는 억울해하고, 화가 날 때는 화를 내고, 증오도 하고, 경멸도 하고. 정당한 감정들을 충분히 느끼고, 표현할 수 있는 만큼 표현하고, 나머지 삶을 위해서 감정을 떠나보내는 일. 내게 힘이 되는 사람들, 운이 좋았던 일들을 소중히 여기면서 그 다정함으로 다친 곳에 연고를 바르는 일.

미움을 상대에게 던져서 정확히 맞추면 통쾌하겠지만, 복수는 빗나갈 수 있다. 그리고 상대에게 내 마음을 이야기해도 원하는 반응을 얻지 못할 수 있다. 완벽한 복수인지 아닌지, 상대가 내가 기대하는 반응을 보였는지에 따라 마음이 갈 길을 정한다면 그건 나를 치유하는 열쇠마저 상대방에게 넘겨주는 일이다.

용서에 환상을 갖지는 않는다. 중요한 건 자유로워지는 것이다. 내게 주도권이 없다고 믿는다면 내 마음은 계속 미워하는 사람에게 끌려다닐 것이다. 자신에게 그 사람의 부족한 면을 인간의 한 면으로 바라볼 수 있는 힘이 있다는 믿음이 생길 때, 비로소 피해에서 벗어날 수 있다. 그리고 그 경험은 앞으로 어떤 일을 겪더라도 내면에 찌꺼기가 쌓여 썩지 않도록 밀어내며 나아가는 힘이 되어줄 것이다.

거울명상으로 유명한 김상운 작가가 이런 말을 했다.

"놓아주는 내가 있으면 그걸 받아주는 나도 있다." 감정을 어떻게 놓아 보내야 할지 모르겠다면 저편에서 또 다른 내가 그 감정을 받아준다고 생각하기. 내 마음을 받아줘야 하는 대상은, 속속들이 알고 다독여줄 수 있는 사람은 바로 나다. 그런 오늘이 쌓이고 쌓이면, 내가 아프다는 이유로 남에게 상처를 되돌려주지 않는 누그러움*이 생겨날 거라고 믿는다. '몹시 추워야 할 날씨가 따뜻하다'라는 또 하나의 뜻처럼.

*
[형] 1. 마음씨가 따뜻하고 부드러우며 융통성이 있다. 2. 몹시 추워야 할 날씨가 따뜻하다.

세상이 차갑게

느껴지는

순간

('부엉이쌤') 밖에 못 해도
('돌이마음') 으로 살려고요

26

편의점에서 일하는 중에 한 손님이 외상을 부탁했다. 요리를 하다 급히 나왔는데 돈이 부족한 모양이었다. 외상 요구는 처음이었지만, 안 되는 줄 안다면서도 정감 있게 부탁하는 모습에 그깟 5천 원이 뭐 대수냐 하는 생각이 들었다.

제가 사장이 아니라서 일단 제 돈으로 메워둘 테니 저 일하는 시간 맞춰서 오세요.

말은 그렇게 했는데 사실 안 와도 어쩔 수 없지 싶어 전화번호도 받지 않았다. 5천 원을 못 받는 건 30분가량 되는 노동의 대가를 포기하는 셈이었다. 하지만 계산 실수를 대비해 매일 만 원 정도는 시재를 메울 돈으로 여기고 있으니 별일 아니기도 했다.

그분은 몇 시간 후 다시 와 돈을 갚았다. 그리고 대뜸 나의 인성을 극찬하셨다.

날 뭘 믿고 외상을 주겠어요. 요새 그런 데 없습니다. 내가 정말 감명받았어요.

가슴에 손을 얹고 엄지손가락까지 치켜세우시는 통에 나는 고개를 못 들고 그분을 보내드렸다. 희한하게 그날은 두 번이나 더 외상을 주게 됐다. 개를 데려오신 한 아주머니는 400원이 부족하다며 나중에 주겠다고 하셨고, 나는 아주머니 품에서 혀를 내밀고 있는 시바견을 1초라도 더 보고 싫어서 몽글몽글해진 눈빛으로 그러마고 하였다.

그새 뇌에 외상 근육이 생겼는지, 다음에는 리모컨용 건전지를 사러 왔다가 300원이 부족해 돌아 나가는 아저씨를 내가 붙잡아 외상을 드렸다. "당장 리모컨은 쓰셔야 될 거 아녜요?"라는 말에 "그렇지!" 하고 반색하시니 아주 유능한 알바라도 된 기분이었다.

300원, 400원. 참 적기가 민망하도록 별스럽지 않은 얘기다. 적은 돈이라서 두 분 다 안 오실 줄 알았다. 그런데 건전지 손님은 다음 날 들르신다더니 일부러 집에 다녀와 돈을 갚으셨다. 시바 견주님도 안 잊으려고 메모까지 해뒀다며 고맙다고 여러 번 말씀하고 가셨다.

별거 아닌 일에도 사람들은 참 고마워하는구나. 편의점에서 일하면서 그런 생각을 자주 한다. 덕분에 나도 겨우 몇백 원에 좋은 사람도 돼보고, 포스기가 아닌 이웃으로 손님들을 만나는 기분도 맛본다.

이 상황을 알바생 교육용 자료 화면으로 쓴다면 '따라 하지 마세요'라는 자막이 필요하겠다. 외상을 습관처럼 주다가는 알바비도 제대로 못 챙길 수 있으니. 금전 개념이 헐렁한 게 자랑할 일도 아니다. 내가 부엉이셈*을 하는 사람이 아니었다면 지금보다는 훨씬 풍족한 자산을 가지고 있었을 거다.

*
[명] 어리석어서 이익과 손해를 잘 분별
하지 못하는 셈을 비유적으로 이르는 말.
《한국민족문화대백과사전》에 따르면,
부엉이가 야행성 조류로 낮에는 물체를
잘 보지 못하는 생태에서 기인한 말로 보
인다.

　　부엉이는 반드시 짝수로 셈을 해
서 하나가 없어지는 건 알아도 짝으로
없어지는 것은 모른다고 한다. 무슨 근
거로 생긴 말인지는 끝내 찾지 못했는
데, 짝수로만 셈을 한다는 게 어리석긴
해도 정감 있다는 생각이 든다면 좀 엉뚱한가.

　　내가 남에게 고마웠던 일, 딱 그 정도만큼만은 가끔 베
풀면서 살아도 좋을 것 같다. 몇 년 전 자격증 시험 날 아침,
컴퓨터 사인펜을 챙겼다가 사인펜이 아니라 연필이 필요한
걸 알고 급히 편의점에 사러 갔다. 그런데 편의점에는 샤프
밖에 없었다. 그때 일하시던 분이 난감해하는 나를 보고 이
유를 묻더니 본인이 가진 연필을 내주었다. 환하게 웃으며
시험 잘 보라는 말도 덧붙였다. 소소해서 잊고 있던 일이었
는데, 그때 편의점이 도움을 주고받는 공간이기도 하다는
인식이 확실히 남았던 것 같다.

　　이와이 슌지 감독의 영화 〈립반윙클의 신부〉에 이런 대
사가 있다.

　　"이 세계는 말이야, 사실은 행복으로 가득 찬 거야. 모
두가 요구한 걸 다 들어줘. 택배 아저씨는 내가 여기라고 말
한 곳까지 무거운 물건을 옮겨줘. 비 오는 날 모르는 사람이

우산을 준 적도 있어. 돈이라는 건 분명 이런 것 때문에 있는 걸 거야. 사람의 성실함이나 친절함 같은 게 눈에 확 띄게 보이면 너무 고맙고 감사해서 모두 부서질 거야. 그러니까 모두 돈에 기대서 그런 걸 못 본 척하는 거야."

어쩌면 나를 포함해서 사람들 대부분은 생각보다 단순하게 세상을 살고 있는지도 모른다. 그리고 내가 하는 셈이 사실은 정확한 계산일 수 있다. 단지 내게 베푼 사람과 내게서 돌려받는 사람이 같지 않을 뿐.

스무 살에 하던 편의점 일을 서른일곱이 되어 다시 시작했을 때, 나는 사람들에게 데어 있었다. 한국어로는 나를 띄우고 모국어로는 면전에서 나를 웃음거리로 만드는 학생들의 모습에 나는 끝내 적응하지 못했다(물론 그렇지 않은 학생이 더 많았다). 한마디로 인류애가 박살 난 상태여서, 다시 사람을 대하는 업무를 하는 것 자체가 도전이었다. 아르바이트로 편의점 일을 선택한 것도 동료 없이 혼자 일할 수 있어서였다.

그런데 편의점에서 일하면서 종종 생각한다. 나 생각보다 사람들을 좋아하네. 물론 매번 반말로 물건 이름만 외치며 돈을 던지듯 놓는 사람도 있고, 인사에 일절 대꾸하지 않는 손님들도 많다. 먹고 마신 것을 제대로 치우지 않고 떠나는 사람들도 매일 본다.

하지만 누가 "편의점 일은 어때?"라고 묻는다면 나는 다른 얘기들을 해주고 싶다. 도저히 힘이 나지 않아 모기만 한 소리로 인사할 때도 명랑한 인사로 힘을 주는 단골손님, 지긋하신 연세에도 정중한 말투로 존중을 보여주시는 할아버지 손님, 물건을 훔쳐 달아나는 학생을 보고 망설임 없이 달려 나가 학생 팔을 붙들고 돌아온 젊은 손님, 올 때마다 주머니에서 자기 과자를 꺼내 건네는 아이.

그리고 내가 소문으로만 존재하는 환상의 사장님과 일한다는 것도 자랑하고 싶다. 사장님의 부엉이셈은 한결같다. 주휴수당을 주기 위해 일하는 시간을 늘려주고, 매달 직원들 월급을 만 단위로 반올림해서 준다. 심지어 수년간 물건을 훔쳐 수백만 원의 손해를 끼친 고등학생을 붙잡았을 때도 그간 훔친 물건값을 반값 할인해준 다소 충격적인 기개를 갖고 계시다. 주 3일 편의점 근무 시간은 염세주의 쪽으로 기울어가는 나를 매번 돌이마음*으로 살게 한다.

*
명 나쁜 데 빠져 있다가 착하고 바른길로 돌아온 마음.

나는 사람들의 사소한 선의가 좋다. 이런저런 일에 마음을 다치다가도 작은 다정함에 위안받는다. 뛰어가다 스카프를 흘렸을 때 자동차 운전자가 경적으로 알려준 일, 시내버스에 모자를 놓고 내렸는데 기사님이 차를 세운 채 기다리고 있었던 일 같은 것. 조금 늦게 가는 쪽을 택하는 데는 목적이 없다. 그냥 자신이 할 수 있는 일이니까 한다. 나도 비슷한 도움을 받아봤으니까. 박살 난 인류애를 조각조각 붙여준 건 거창한 인류애가 아니었다.

일전에는 고등학생 둘이 또 나를 회심하게 했다. 두 개 사면 하나 증정인 아이스크림을 봉지에 담아 주는데, 하나를 꺼내더니 내게 공손히 내미는 것이었다. '응? 나?? 왜??' 하는 눈으로 둘을 보자 학생들이 수줍게 말했다.

이거 드세요. 저희는 둘이라서 어차피 다 못 먹어요.

한 개씩 먹고 나머지 하나는 나눠 먹어도 될 일인데. "아니면 누구 줄 사람 없어요?" 하는 말에도 "아니에요. 드세요" 하고 웃으면서 내미는 마음 씀이 아기자기했다.

마침 저녁을 제대로 안 먹어 당이 몹시 끌리던 차였고, 또 마침 교대 시간이었다. 편의점 앞 정류장에서 버스를 기다리며 아이스크림 포장을 벗겼다. 오랜만에 독대하는 스크류바는 믿을 수 없을 만큼 상큼했다.

딸기와 사과 맛의 절묘한 조합은 몇 번 깨물고 씹자 몸 어딘가로 삭 흩어져버렸다. 적당한 아쉬움을 음미하며 멍하니, 정류장 앞 나무들이 밤바람에 흔들리는 걸 바라보았다.

시원한 여름밤이로구나. 그리고 그 학생들이 다시 왔을 때 내가 알아볼 수 있으면 좋겠다고 생각했다. 얼굴을 좀 더 봐 둘 걸 그랬다고.

자기 사랑이

어려운

순간

나에게만은 ('빚졌고')
('구더운') 존재이길

27

사회에서 친해진 사람 중 자기 비하가 심한 친구가 있었다. 몇 년 사이 그는 점점 체중이 늘어서 오래 걷기 힘든 몸이 됐고, 그동안 사랑하는 사람들에게 여러 번 버려졌다. 어떻게 봐도 자신을 행복하게 하지 못할 사람에게 매달리기도 했다.

만 원짜리가 구겨지고 바닥에 떨어져 밟혀도 그건 여전히 만 원짜리예요.

자기 처지를 자조하는 친구의 얘기를 듣다가 내가 뱉은 말이 그랬다. 어디선가 들은 말로 어쭙잖게 해본 조언이었다. 친구가 표정을 바꾸며 대꾸했다.

그건 돈이고, 저는 만 원짜리가 아니에요.

지켜보면서 늘 안타깝고 답답한 마음도 있었지만 그때 나는 내 문제에 집중해 있어서 친구의 마음에 깊이 공감하지 못했다. 공격적인 대답을 듣고도 단순히 그가 모든 걸 부정적으로 생각한다고만 여겼다.

이후 인생 두 번째로 널찍한 우울의 강을 건너면서 그때 내 말이 얼마나 강 건너 불구경처럼 들렸을지 깨달았다. 만 원짜리든 5만 원짜리든, 돈은 주워서 펴면 쓸 수 있다. 하지만 힘든 사람들은 그렇게 간단히 일어서지지 않는다. 꾸준히 비난받고 무시당하다 보면, 남들에게 계속 피해를 준다고 느끼다 보면 땅바닥이 자신의 자리라고 믿게 되는 법이다.

　나 역시 내 가치를 남의 평가에 맡겨두고 산 시간이 길다. 사람들이 나를 좋아해주면 나도 내가 좋았고, 그렇지 않은 것 같으면 내가 싫어졌다. 잘한다는 평가를 받으면 내가 괜찮은 사람인 것 같았지만 단점만 계속 드러나는 것 같으면 쓸모가 있는 사람인지 의심했다.

　사람들에게 구더운* 존재로 여겨지고 싶었다. 어떤 일터에 가든 무리해서 일했던 것도 인정에 목말라서였다. 하지만 스스로 자신을 부끄럽게 여기고 있었으니 내가 채우려는 항아리는 밑 빠진 독이었다.

* 형 굳건하고 확실하여 아주 미덥다.

　여러 해 동안 심리에 대해 공부하고 상담을 받으며 알게 되었다. 자라오며 나에겐 세상이 안전하다는 느낌이, 그리고 나의 고유한 판단과 감정을 있는 그대로 인정받는 경험이 부족했다. 내 결핍이 어디에서 오는지 알게 되자 앞으로 무엇을 채워야 할지도 분명히 알 수 있었다. 원인을 아는 것은 중요하다. 맞지 않는 환경과 거리를 두고 결핍을 채울 수 있는 환경을 만들기 위해서. 하지만 내가 불편을 느끼는 모든 요소를 원인과 연결 짓고 싶어 하는 마음이 굳어져갈 때, 그에 대한 생각에서 벗어나야 한다고 느꼈다. 원인을 자주 생각할수록 결핍된 아이의 이미지에 갇혔고 다른 현재를 만들어낼 힘이 있다는 것도 잘 실감 나지 않았다. 인생을 어렵게 만든 요소들은 많고 그것은 사실이다. 그런데 과거의 사실이다. 사람은 거기에서 한 발씩 나아갈 힘이 있다.

기억이 곧 '나'는 아니다. 내 감정도 감각도 내가 아니다. 나라는 경계를 지워버리고 내가 규정한 '나'가 사실은 허상이라는 걸 생각할 때는 마음이 잠시나마 자유롭다. 갑자기 크게 달라질 수는 없어도 스스로 만든 자기에 대한 이미지에 조금씩 거리를 둘 수 있다.

솔직히 말해 아직까지 의심을 완전히 버리지는 못했다. 과연 내가 괜찮은 사람일까. 누군가 계속 곁에 두고 싶어 하는, 가장 가까운 사람이 견뎌낼 수 있는 사람일까.

물론 상황을 더 낫게 만들려는 노력을 포기한 적은 없다. 그런 면에서 나는 빛접다.[*] 하지만 이 생각 역시 자기 사랑은 아닌 것 같다. 내 쓸모를 어떤 근거로 평가하는 생각이기 때문이다.

[*] 형 떳떳하고 번듯하여 부끄러울 것이 없다.

자신을 아끼는 마음에는 근거가 필요하지 않다. 따지고 보면 나에 대한 타인의 마음은 그 사람의 자유다. 내 딴에는 노력과 진심을 다한다 해도 내가 원하는 방향으로 움직여줘야 하는 의무는 없다. 세상 가장 귀한 대우를 받아 내가 그럴 만한 사람이구나 싶으면, 같은 이에게서 세상 가장 차가운 대우를 받는 날도 오는 것이다. 통제할 수 없는 타인의 마음에 내 가치를 걸고 살아가는 일은 부서진 뗏목에서 다시 부서진 뗏목으로 옮겨 타며 바다를 건너는 일처럼 힘겹다. 그러니 나는 나에게 의지할 수 있어야 한다. 눈 감는 순간까지 흔들림 없이 나와 함께 있어줄 사람은 나 자신뿐이니까.

생활 소음도 잘 견디지 못하는 나, 생각이 많아 지난 말과 행동을 곱씹는 나, 잔병 부자라 못 먹는 게 많은 나, 스트레스에 취약한 나, 가진 게 없는 나를 한결같이 사랑해줄 친구나 연인이 없을지도 모른다. 하지만 분투해온 나, 사람들도 나 자신도 다치지 않게 하려 고민하는 나, 혼자 있는 시간을 즐기고 소박한 생활에 만족하는 나, 내면의 잠재력을 조금씩 꺼내보려 노력하는 나를 나는 온전히 이해한다.

처음으로 완전해지는 느낌을 받은 것은 내가 나의 양육자가 되기로 마음먹은 날부터다. 이제는 내가 스스로에게 이상적인 엄마 아빠가 되어줄 수 있지 않을까. 내 부모님의 장점은 그대로 따르고 못내 아쉬웠던 부분은 바꿔서 말이다. 내가 바라는 연인의 역할도, 친구의 역할도 내 안에 다 들어 있는 게 아닐까. 마음 아플 때 정확히 듣고 싶은 말을 해주고, 자신의 느낌과 생각을 믿지 못할 때 같은 편이 되어

용기를 실어주고, 외로울 때 나에게만 집중해주는 사람. 그
게 내가 될 수 있다.

　여러 사람에게 한결같이 응원받을 수 있다고 생각하니
힘이 차올랐다. 처음부터 나는 나에게 모든 것을 다 해줄 수
있는 존재였던 것이다. 그 사실을 깨닫자 갑자기 내가 소중
해졌고, 외면하고 있던 목소리를 듣게 됐다. 자책하는 대신
너는 그렇게 할 만한 이유가 있었던 거라고 말해주는, 마음
이 힘들 때도 밥 챙겨 먹고 힘내서 내일을 살라고, 너를 아끼
라고 말해주는 내 안의 소리였다.

　내가 나를 받아줄 수 있는 상태. 아마도 그게 자기 사랑
이 아닐까. 물론 나는 앞으로도 계속 작은 일에 흔들리고 자
신을 의심할 것이다. 자기 사랑이라는 말도 여전히 부담스
럽다. 그냥 나와 좀 더 친해지자는 마음으로 다가가려 한다.

　자기 사랑은 높은 산을 오르는 일이 아니라 가랑비에
젖어가는 일이다. 전에는 일희일비하는 자신을 책망했지만
어느새 가만히 지켜볼 수 있게 됐다. 조금씩 나아가 결국은
평온에 이르리라는 걸 안다. 누군가의 눈에 빛나지 않아도
나에게만은 내가 빛저운 사람이길, 바란다.

낱말 모음

1부. 지친 마음을 쓰다듬는 낱말

형 **만조하다** | 얼굴이나 모습이 초라하고 잔망하다.

명 **가을부채** | 능력을 인정받던 존재를 철이 지나 불필요해진 물건에 빗대어 이르는 말.

명 **찾을모** | 쓸모 있어 남이 찾을 만한 점. 장점.

명 **바림** | 채색을 한쪽은 진하게 하고 다른 쪽은 점점 엷게 하여 흐리게 하는 일.

명 **마음고름** | 마음속을 드러내지 않으려고 단단히 해둔 다짐.

동 **늘키다** | 시원하게 울지 못하고 꿀꺽꿀꺽 참으면서 느끼어 울다.

명 **풀쳐생각** | 맺혔던 생각을 풀어버리고 스스로 위로함.

명 **텡쇠** | 겉으로는 튼튼하게 보이지만 속은 허약한 사람을 낮잡아 이르는 말.

동 **모지라지다** | 물건의 끝이 닳아서 없어지다.

형 **호습다** | 무엇을 타거나 할 때 즐겁고 긴장감이 넘쳐 짜릿한 맛이 있다.

형 **알쫀하다** | 다른 것이 섞이지 않아 순수하거나 순전하다.

명 **알심** | 1. 은근히 동정하는 마음. 2. 보기보다 야무진 힘.

동 **은결들다** | 1. 상처가 내부에 생기다. 2. 원통한 일로 남모르게 속이 상하다.

형 **오감하다** | 분수에 맞아 만족히 여길 만하다. 지나칠 정도라고 느낄 만큼 고맙다.

형 **해낙낙하다** | 마음이 흐뭇하여 만족한 느낌이 있다.

동 **휘지다** | 무엇에 시달려 기운이 빠지고 쇠하여지다.

부 **겨르로이** | 한가로이, 겨를 있게.

명 **푸서리** | 잡초가 무성하고 거친 땅.

명 **노루잠** | 깊이 들지 못하고 자꾸 놀라 깨는 잠.

명 눈썹씨름 | '잠을 자려고 눈을 붙이는 일'을 비유하는 말.

명 나비잠 | 갓난아이가 두 팔을 머리 위로 벌리고 자는 잠.

2부. 나아갈 길을 열어주는 낱말

부 휘뚜루마뚜루 | 이것저것 가리지 아니하고 닥치는 대로 마구 해치우는 모양.

명 난든집 | 손에 익어서 생긴 재주.

명 미립 | 경험을 통하여 얻은 묘한 이치나 요령.

명 신멸음 | 신이 나는 대로 실컷 함.

명 샘밑 | 샘이 솟는 근원. 영원한 창조의 근원.

명 콩켸팥켸 | 사물이 뒤섞여서 뒤죽박죽된 것을 이르는 말.

명 도깨비살림 | 재물이 있다가도 별안간 없어지는 불안정한 살림살이.

통 감장하다 | 제힘으로 일을 처리하여 나가다.

부 에멜무지로 | 1. 단단하게 묶지 아니한 모양. 2. 결과를 바라지 아니하고, 헛일하는 셈 치고 시험 삼아 하는 모양.

명 옥생각 | 1. 옹졸한 생각. 2. 공연히 자기에게 해롭게만 받아들이는 그른 생각.

명 든버릇난버릇 | 후천적 습관이 선천적 성격처럼 되어가는 것을 이르는 말.

형 구쁘다 | 배 속이 허전하여 자꾸 먹고 싶다.

명 밀것 | 밀가루로 만든 음식.

통 감빨리다 | 1. 맛있게 쪽쪽 빨리다. '감빨다'의 피동사. 2. 감칠맛이 나게 입맛이 당기다. 3. 이익을 얻으려는 욕심이 생기다.

형 엇구수하다 | 1. 맛이나 냄새가 조금 구수하다. 2. 말이나 이야기가 듣기에 그럴듯한 데가 있다. 3. 하는 짓이나 차림, 또는 어떤 내용이 수수하면서도 은근한 맛이 있어 마음을 끄는 데가 있다.

형 옥실옥실하다 | 아기자기한 재미 따위가 많은 모양.

부 곰비임비 | 물건이 거듭 쌓이거나 일이 계속 일어남을 나타내는 말.

동 깨단하다 | 오랫동안 생각해내지 못하던 일 따위를 어떠한 실마리로 말미암아 깨닫거나 분명히 알다.

동 저큼하다 | 잘못을 고치고 다시 같은 잘못을 하지 않도록 조심하다.

동 비사치다 | 직설적으로 말하지 않고, 에둘러 말하여 은근히 깨우치다.

명 비나리 | 앞길의 행복을 비는 말.

3부. 관계를 돌아보게 하는 낱말

명 자릿내 | 오래 묵혀둔 빨랫감에서 나는 냄새.

명 새물내 | 빨래하여 이제 막 입은 옷에서 나는 냄새.

명 맞은바라기 | 앞으로 마주 바라보이는 곳.

부 바람만바람만 | 바라보일 만한 정도로 뒤에 멀리 떨어져 따라가는 모양.

명 안갚음 | 1. 까마귀 새끼가 자라서 늙은 어미에게 먹이를 물어다 주는 일. 2. 자식이 커서 부모를 봉양하는 일.

명 적바림 | 나중에 참고하기 위하여 글로 간단히 적어둠. 또는 그런 기록.

명 숨탄것 | 숨을 받은 것이라는 뜻으로, 여러 가지 동물을 통틀어 이르는 말.

명 팔팔결 | 다른 정도가 엄청남. 부 엄청나게 다른 모양.

형 거쿨지다 | 몸집이 크고 말이나 하는 짓이 씩씩하다.

부 언죽번죽 | 조금도 부끄러워하는 기색이 없고 비위가 좋아 뻔뻔한 모양.

명 이불활개 | 남이 보지 않는 데에서 젠체하는 호기.

형 머슬머슬하다 | 탐탁스럽게 잘 어울리지 못하여 어색하다.

명 너울가지 | 남과 잘 사귀는 솜씨. 붙임성이나 포용성 따위를 이른다.

명 말갈망 | 자기가 한 말의 뒷수습.

명 내밀힘 | 1. 밖이나 앞으로 밀고 나아가는 힘. 2. 자기의 의지나 주장을 굽힘 없이 자신 있게 내세우는 힘.

형 누그럽다 | 1. 마음씨가 따뜻하고 부드러우며 융통성이 있다. 2. 몹시 추워야 할 날씨가 따뜻하다.

명 부엉이셈 | 어리석어서 이익과 손해를 잘 분별하지 못하는 셈을 비유적으로 이르는 말.

명 돌이마음 | 나쁜 데 빠져 있다가 착하고 바른길로 돌아온 마음.

형 구덥다 | 굳건하고 확실하여 아주 미덥다.

형 빛접다 | 떳떳하고 번듯하여 부끄러울 것이 없다.

마음이 뒤척일 때마다 가만히 쥐어보는 다정한 낱말 조각

낱말의 장면들

초판 1쇄 인쇄 2023년 10월 31일
초판 1쇄 발행 2023년 11월 7일

지은이 민바람
사　진 신혜림

대표 장선희　**총괄** 이영철
책임편집 현미나　**기획편집** 한이슬, 정시아, 오향림
책임디자인 최아영　**디자인** 김효숙
마케팅 최의범, 임자윤, 김현진, 이동희
경영관리 전선애

펴낸곳 서사원　**출판등록** 제2023-000199호
주소 서울시 마포구 성암로 330 DMC첨단산업센터 713호
전화 02-898-8778　**팩스** 02-6008-1673
이메일 cr@seosawon.com
네이버 포스트 post.naver.com/seosawon
페이스북 www.facebook.com/seosawon
인스타그램 www.instagram.com/seosawon

ⓒ 민바람, 2023

ISBN 979-11-6822-233-5　03810

서사원은 독자 여러분의 책에 관한 아이디어와 원고 투고를 설레는 마음으로 기다리고 있습니다.
책으로 엮기를 원하는 아이디어가 있는 분은 이메일 cr@seosawon.com으로 간단한 개요와 취지,
연락처 등을 보내주세요. 고민을 멈추고 실행해보세요. 꿈이 이루어집니다.